KB118477

영원 금지 소년 금지 천사 금지

육호수 시집

문학동네시인선 188 육호수

# 영원 금지 소년 금지 천사 금지

## 시인의 말

언젠가 거듭 작별하는 꿈에서 너는
손 위에 검은 돌멩이를 쥐여주며 말했지

"새를 잘 부탁해. 죽었지만"

2023년 3월
육호수

# 차례

Interlude

2부 스스로에게 배웅하는 법을 배울 때까지

Postlude

# Prelude

## 희망의 내용 없음

우리가 우리에게
발각되지 않는 곳으로 가자

더 많은 공기를 정화할
더 많은 허파가 필요한
오래된 세계에서

더 많은 빙하를 녹일 더 많은 체온이
더 많은 어둠을 흡착할 더 많은 악몽이
더 많은 멸종을 지켜봐줄 더 많은 마음이 필요한
오래된 세계에서

사람인 채로 더이상
망가지고 싶지 않아

적막 속에 찾아오는 수치심은 아름다웠음
몸을 떠난 살은 몸보다 먼저 썩었음
희망의 내용 없음

여러 겹의 몸을
몸 위에 겹쳐지는 무수한 유령들을
허물로 남겨두고
밤의 아름다움을 감당하지 않아도 되는 곳으로 가자

푸른 하늘 은하수 끝나지 않는 손장난
밤이 기어이 밤을 어기는 곳으로

우리라고 부를 이 없음
우주선 없음
다른 세계 없음
희망의 내용 없음

내가 너에게 발각되지 않는 곳에서
울지 않고 기다릴게
거울에 갇힌 구름은 갈 수 없는 곳
어린 신의 어항 속
천사의 아가미를 달고
면벽의 안식 속에 감금되어
죽음과의 문답으로부터 소외되어

나의 굴레만을 나의 것으로
소유자 없는 나의 소유로 여기며
기다리는 이 없는 기다란
기다림
무색무취 수신자 없는 기도를
잇고 있을게

오래된 세계에서
지나치게 외로워서
지나치게 정직했음
영원에 진 빚 없음

# 1부

면벽중에 벽을 잃어

## 잠에 든 손, 깨어나는 손*

산책길에서 가져온
언 꽃을 녹인다

녹이면 되살아날 것 같았지만
겨울꽃은 얼기 전부터
바싹 말라 있었던 것 같다

자다 깬 모습으로
부스스 잠든 꽃의 표정을 본다

언 귀를 녹이던
언 손이 녹는다

* 라이너 마리아 릴케, 『로댕론』.

## 물끄러미, 여름

거울에 붙은 모기를 죽이려다
무언가를 죽이려 다가가는 얼굴을 들켰다

웅덩이에 빠져 몸을 휘젓는 지렁이를 빤히 바라보다
깜짝 놀라 지렁이를 건져냈다

정오의 태양은 태양으로 가득했고
손차양을 하다
손등에 난 점 하나를 처음 발견했다

기적이 필요하지 않았으므로
구름에게 하루를 다 내어주어도 좋았다

그해 여름엔
거울에 피를 묻히지 않았고
거울 속에 손을 넣어 지렁이를 건져냈다

감감히 잠겨가는 감나무 그늘 아래 앉아
외면할 수 없음은
포기일까 망설임일까 생각했다
몸을 휘젓기도 했다

구름에게 하루를 떼어주고 맞바꿔온 소원을

여름이 다 가기 전에
다시 하루와 맞바꿔왔다

## 다나에

'면벽중에 벽을 잃었을 뿐'이라고
손톱을 세워 벽 위에 썼다

어느 궁전 아래 밀봉된 지하 감옥처럼
방안엔 빛의 소문만이 떠다녔다

누군가 방의 입구에 불을 지른다면
어디로도 나갈 수 없다는 생각만으로
여러 번 화염에 휩싸인 채 깨어나야 했다

너른 꿈의 좁은 입구에서 여러 번 내쳐졌다
이 방에서 죽어 이 방의 거름이 된 귀신들이
피사체 위로 떨어져내리는 사진가의 그림자처럼
늘 곁에 있었다

쏟아지는 빛에 놀라 깨어났으나
여러 겹의 어둠 속이었다
그 빛이 어디에서 왔을지 알 수 없어
다시 벽을 잃었구나, 생각했다

어떤 꿈에선 사랑이 많은 사람과 만났다
그와 살아서 가고 싶은 곳보다
죽어서 가고 싶은 곳이 더 많았다

우물 앞에 엎드려 거꾸로 숫자를 세는 동안
물위에 비친 우리는 묵묵히 우리를 견디어주었다

어떤 꿈에선 걸음이 남아
꿈의 둘레를 벗어나지 못했다
이곳에 오기 전에 어떤 방향으로 누웠는지
누구의 곁에서 잠에 들었는지
기억나지 않았다
먼 곳에 꼬리를 물린 바람에게 물어도
깊은 어둠을 헤집는 나무에게 물어도 알지 못했다

당연한 마음들이 유일한 마음이 될 때까지
그곳을 나오지 못했다

이빨이 몽땅 빠지는 꿈을 꾸고 난 다음에는
이빨이 아주 많아 좋았다
아직 백 년도 살지 못해
실망스럽기도 했다

## 고사리 장마

편지해달라 그가 부탁한 적이 있었다. 아주 먼 사이가 된
다면 편지해달라고. 오래전 일이다

놀이터 그네에 앉아 있을 때의 일이다
열 시간이 걸린다는 버스를 타고
스무 시간 넘게 걸려 도착했던 도시에서의 일이다

편지를 부탁하며 내 얼굴을 살피는 그로부터 다시
네가 된다면,

"안녕, 어젠 해변의 네 살배기들과 조개를 모았어."
편지는 이렇게 시작될지도 모른다

"안녕, 혹시 고사리 장마라는 말, 아니?"
이런 첫마디를 눅눅한 편지지에 눌러쓸지도 모른다

"안녕, 너희 강아지는 건강하니?"
이렇게 물을 순 없다. 그의 강아지는 이제 스무 살도 넘
었을 테고

"안녕, 파란 눈과 미소를 잊지 않겠다고 내게 했던 말, 아
직 기억하니?"
이런 말이 첫마디로 불쑥 나온다면, 더 먼 미래로 편지를

미뤄둬야겠지

## POST CARD

안녕, 어젠 해변의 네 살배기들과 조개를 모았어. 석양이 들면 그때 우리가 다 줍지 못한 조개껍질들이 은화처럼 반짝였어. 어젯밤엔 귀와 입으로 고운 모래가 쏟아져 들어와 잠에서 깼어. 불을 켜보니 몸 위에 온통 개미들인 거야. 침대 위에서 과자를 먹다 잠든 탓인가봐. 오늘은 문가에 초콜릿 조각을 듬성듬성 놓아두었어. 이제 이 방의 벌레들은 초콜릿에 몰두하겠지

## POST CARD

안녕, 혹시 고사리 장마라는 말, 아니? 이곳에선 봄장마를 고사리 장마라고 한대. 난로 앞에 앉아 산책길에 묻어온 그늘들을 말리고 있어. 구름이 세상을 기어 건너는 계절이야. 지나가지 않는 과거의 기억들을 사라지게 할 수 있겠냐고 내게 물었었지. 그렇게 묻는 너의 표정을 떠올리면, 눅눅한 보라색 벽지 속으로 어제 보았던 별과 해변이 동시에 스며들어. 나의 흐린 대답들은 오래전 이곳에 마침표를 똑

똑 찍으며 사라졌어. 비 오는 바다 위로 비가 내려. 고사리들이 사람 키만큼 자라나 사람의 이야기를 숙덕일 것 같은 밤이야. 미안, 오늘 시작되는 말로만 편지를 쓰고 싶었는데

## POST CARD

안녕, 너희 강아지는 건강하니? 너희 강아지가 영원히 살았으면 좋겠어. 네가 너의 강아지를 포기하는 날도, 네가 간직한 조그마한 영원을 포기할 날도 없었다면 좋겠어. 약속했던 편지 앞에 이제야 앉았어. 아주 먼 사이의 사람들은 어떤 말로 편지를 주고받는지 잘 모르지만, 어쨌든 편지는 아주 멀리 갈 수 있을 테니깐. 언젠가 내게 "죽음만 남겨둔 병신"이라 했지, 장난감은 망가지며 장난감이 된다고. 그렇게 말하니 나는 할 수 있는 말이 없고, 말을 대신할 꼬리도 없고, 어디로든 나가야 하는 밤이었지. 별이라니, 여긴 장마야. 하얗게 반짝이는 먼지들이 백지 위로 잠겨가는 걸 지켜보고 있어

## POST CARD

안녕, 파란 눈과 파란 미소를 영원히 잊지 않겠다고 했던

너의 말, 아직 기억하니? 이 순간을 머릿속에 사진으로 찍어두겠다며 몇 번이나 멈춰 뒷걸음하던 너와, 다 아문 흉터 위에 반창고를 붙여주며 다 아물지 못한 얼굴로 이었던 말들, 난 기억해. 내가 아는 너에게만 편지를 써도 되는 걸까. 그네에 앉아 편지를 부탁하는 네게만 편지가 닿을 순 없는 걸까. 네가 말한 아주 먼 사이가 어떤 사이인지 모르겠어. 거울 속의 우리는 한 번도 떨어진 적 없는걸. 내 손에 쥐어진 이 편지가, 네 손에도 쥐어져 있다면 우리는 그만큼 먼 사이가 된 걸까. 내가 아무에게나 이런 말을 늘어놓는 ~~행려병자가~~ 시인이 되었거나. 차곡차곡 미뤄둔 시간들이 미래를 향해 엎질러졌거나 한 건 아닐까. "안녕, 너의 희다못해 파란 눈과 미소를 잊지 못할 거야", 이런 작별 말에 빚을 낸 하루였다거나,

## 망보는 아이들의 눈을 피해, 미래를 미래로 미뤄두려다

자다 깨어
방금 꿈 속에서 죽은 너의 편지를 찾으려
침대 서랍을 뒤적이던 밤이 있었고

네가 아니었으면
더 견디지 않았을 꿈이었다고 쓴다

지상의 사람들은 어쩌다 잠에 들어
이곳에 소복소복 쌓이는 걸까

너희라고 불려서 우리는
우리가 되었고
가끔, 우리의 바깥에
우리가 있을지도 모른다고 생각했지

네가 악몽의 축이 아니었다면

8차선 도로 위 민달팽이가 되어
아스팔트에 흰 배를 대진 않았겠지

손톱이 다 부러진
두더지가 되는 일도

자몽청 단지 속에
두 눈을 빠뜨리는 일도 없었겠지

이야기의 끝에서 숨을 참으며
이곳에 남을 이들에게 미안했지만
깨어나면 이곳은
언제나 세상의 끝이라 좋다

내게 고통을 알게 하는 네가
옳았다고 생각해

잠에 들며 사람이 잠시 지상을 떠나가듯
이미 꿈결이므로 천사는
지상에서 잠들지 않는다지

미안한 표정으로
숨을 참는 천사들

나는 졸음을 참지

우리보다 먼저 우리가 있었고
우리가 우리를 모으고 있다고 쓰고
졸음을 참지

꾸벅꾸벅 우리를 번복하며

이런 졸음은 처음이야
내장이 꺼질 것 같다
고 쓰고
목 아래로 깊어지던 갱도가
나의 두더지들과 함께 내려앉을 것 같다
고 마저 채워 쓰고
다시 졸음을 참지

지난 꿈의
유일한 탈주범이자 증언자로서

숨을 참는 천사들
두더지 발톱 민달팽이 둥지

어쩌다 천사들은
이런 허술한 잠에 들어
숨을 참고
나는 졸음을 참지

하얀 커튼으로 울렁이는 백지
기어나오는 공벌레를 세어보지

손을 가져다대면
몸을 말아 눕는 구두점들
.. .. ...
... ..... ..
..

단지에 빠진
까만 눈알들

.. ... ..
.... ..
....

## 장마

꿈 바깥의 안부를 전하느라
거듭 엷어지던 꿈의 개울가에서

서로의 귀에 귀를 포개었지
서로가 기르는 침묵의
둘레가 되어주려고

언제까지?
언제까지. 언제가 사라질 때까지

사막을 보아 사막을 잃고
바다에서야 바다를 지웠듯
귀로 마주인 서로일 때에
시간보다 기억이 먼저 가 고여 있었지
서로의 묶음이었지

기억을 믿어?
믿고서 기억의 바깥을 지내?

물에 잠긴 징검다리를 건너
여름에서 비켜나 그때
귓속에 담아둔 소리를 마저 듣지
여기 비가 지나고

비 소식이 지나고
비. 소리가 지났어

이제 나의 기억 속엔 아무 기억 없고
기억의 바깥에선 어디도 갈 수 없는
기억을 기워 몸을 가리지

밤의 개울가엔 검은 물이 흘렀지
검은 물 위로 검은 하늘이 흘렀어

있잖아 나
이곳에 먼저 도착한 말들을
알아듣지 못해

바람결 따라 목을 젖힌 나무들
날개. 소리들

## 접속

언젠가 거듭 작별하는 꿈에서 너는
손 위에 검은 돌멩이를 쥐여주며 말했지

"새를 잘 부탁해. 죽었지만"

오늘은 문 앞에서
죽은 새 한 마리를 보았어

죽은 새의 눈꺼풀 위에
개미의 더듬이가 가닿는 순간에
잊었던 꿈으로 가까스로 깨어나 쓴다

꿈에 데려가 꿈에 묻어주었어
잊지 않게 검은 돌 하나를 올려두었어

언젠가 네가 지나가게 된다면
분명 알아볼 수 있을 거야

나, 아직 시 써

손등에 난 검은 점을 쪼는 병아리가 되어
손바닥에 박힌 점이 된 연필심이 되어

"나중에 네가 정말 슬퍼지면
이 시를 읽어줄게"
등 돌려 무언갈 쓰며 너는 말했지

나 이제 그 시 안 궁금해
꿈에 데려가 꿈에서 읽어줘

도로에 거꾸로 누운 매미
천천히 허공을 헤집는 팔다리를 지켜보다보면
마지막 순간
너와 나의 감은 눈에
비쳐올 장면이 궁금해

날개 잡힌 잠자리
부르르
부르르

## 소년 금지 영원 금지 천사 금지

오늘 산책길에선 코스모스꽃을 꺾다가 줄기가 툭, 끊어지는
중요한 건 영혼이 부서졌다는 사실이 아니라 조각난 영혼의 플레이팅이겠지
바람에 콩, 엉덩방아를 찧는 아이를 보았어요. 꽃 꺾을 요령
들리지 않는 노래가 들리는 노래를 지워갈 때 두려워 아름다워지는 나의
이 없기 때문이기도, 꽃 한 송이를 꺾는 데에도 온몸을 실어
귀신들과 두려움으로 사랑하는 악몽들 집으로 돌아가는 꿈에서 깨어버리면
야 하는 까닭이기도 하겠지요. 한쪽 다리만 있는 방아깨비를
이곳은 어떤 집이 되고 빈 방이 빈 방 속에서 부풀어오르면 숨어들듯 산책
보고 그 내력을 짐작해보기도 하고요, 낮잠을 자는 고양이
길로 나서지 어둠이 빠져나간 어둠 속으로 걷고 멈추고 걷다가 이곳은 작년
옆에 쭈그리고 앉아 고양이의 잠결을 살피다 아주 앉아 문득
여름 지렁이들이 내장처럼 쏟아져 나왔던, 물총새가 죽어 누워 있던 곳 문득

### 문득

찾아오는 물음이 대답이 되고 대답이 물음이 되는 울음 속에
찾아오는 생각들을 지우며 함께 좋았어요. 큰 불행과 작은 불행을 구분할
서 이곳은 작년 여름 지렁이들이 볕 아래 얽혀 말라가던 곳
수 없게 된 지 아주 오래되었어요. 작은 다행과 큰 다행을 구분할 수 없게
그 앞에 서서 이것은 무슨 글자일까 다음날에도 그 다음날에
되는 것처럼요. 이 종이 위에 참 많은 말들이 적혔다 지워졌어요. 당신에게
도 서 있었지 흔적은 계절로 다행으로 잠겨가고 나는 이제
적은 말보다 지운 말들이 더 많아 작은 다행이겠지요, 큰 불행이거나. 산책

백지에 죽은 지렁이 앞의 기억을 흔적을 옮겨와 이건 무슨 ⎯
의 반환점에선 몇 걸음 더를 상상하게 돼요. 꼬리를 흔들고 지나며
글자인가 누구의 내장인가 몸인가 죽음인가 들여다본다
강아지가 곁을 만들고 비우면, 혼자 손을 조금 흔들어보기도 하고요

## 부레

숨을 참다가
숨을 참지 못하는 몸을 참는다

뜬눈으로 잠들어
밤의 몸을 젓던 열대어가
서로의 몸에 닿아
뜬눈으로 깨어나는 밤

방금 내쳐진 꿈은
하나뿐인 구두가 사라지던 꿈
사라진 구두가 나의 전부가 되었던 꿈

이백 마리의 구피를 키운다는 건
이 년 동안
죽은 구피 이백 마리를
건져야 한다는 뜻
죽음이 멀어서
파산할지 모른다는 뜻

방금 사라진 꿈은
추운 꿈
시간도 공간도 없이
"추워"라는 말로 기억되는

추위가 내가 가진 전부였던 꿈

숨을 참으면
꿈을 깰 수 있다
꿈을 깨면
추위를 벗을 수 있지만
잃어버린 구두는 찾을 수 없겠지

어항 물은 물고기를 감싸고
물고기는 몸을 휘저어 물을 휘젓고
체리새우는 밤의 어항 속에서
투명한 허물을 벗는다

손을 넣으면 어항에 고인
온기가 전해오겠지만
몇 물고기가 잠에서 깰지도 모르지만

나는 물고기가 침묵인지
어항 물이 침묵인지
어항이 침묵인지
어항에 손을 넣고 생각하다가

숨을 참고

숨을 참지 못하는 몸을 참고
내게 처음
숨을 불어넣은 신을 생각한다

어항에 손을 넣어도
어항의 침묵을 만질 수 없다
신도 이젠
인간의 침묵을 다시 들이켤 수 없을 것이다

구두를 구겨 신고
밤의 몸을 저어
개울가를 걷다가
물위에 잠든
오리를 깨웠다

깨자마자
날 수 있다니

겨눔 없는
먼눈으로
오리를
깨울 수 있다니

## 새벽엔 당연했던 말들로

영혼을 잃은 것 같아 너는 말했고
영혼이 이른 것 같다고 나는 들었지

꿈이라는 확신으로
함께 뛰어내린 낭떠러지들
꿈의 모순들로부터 시작되었던
아침의 확신들

밥은 좀 먹었니
잠은 좀 잤니

비 오는 날의 분수대를 지나
아침 드라마 속의 밤거리를 지나

밥과 밥으로부터 멀리
잠과 잠으로부터 더 멀리

거리를 메운 자동차들의 클랙슨이
동시에 울리는 것 같다고
방에서 소리 내는 건 냉장고뿐이라
냉장고에 기대어 잤다고

겨울에 태어나

겨울에 몸을 숨긴 눈사람들처럼
새벽에 태어나면 새벽에
밤에 태어나면 밤에 숨어든 울먹임들

그 시간에 내게 전화했으므로
네가 있을 어둠이 훤했다

밥과 밥을 지나쳐
잠과 잠을 지나쳐

지하 주차장 3층에서 펄럭이는
배추흰나비

팔을 휘저을 때마다
허공에 핏금이 생긴다고

언젠가 목을 맸던 방에서
잠자기 싫다고

영혼을 잃은 것 같다고 너는 말했고
나는 졸며 그 말을 들었지

예식장의 거울들을 지나

주차된 자동차들의 시선을 지나
이목구비를 잃어가는 눈사람들을 지나
징발당한 잠을 지나
밤의 냉장고와 꿈의 계곡들을 지나
우리가 잃어버릴 영혼과
우리를 잃어버린 영혼들을 지나

## 창으로 채우는


반쯤 사라진 꿈에 찾아가
꿈의 사라진 절반이 되어본다

더 무너질 것이 없는 방
벽에 맞추어 반듯한 가구들
찻장 속은 들여다보지 않기로
빛에 헐어버린 유령의 해상도를
더는 추궁하지 않기로

창문에 시선을 묻고
창으로 창을 메우며
끝없는 사랑의
사라진 끝이 되어본다

기다림 속이라면
나의 노래가
기다림에 스민 침묵이라면
이곳에서
안전하게 지워질 수 있다
지워지는 동안이라면
어둠을 잃으며 어둠을 닮아가는
꿈의 창가를 지킬 수 있다

나의 비밀이 나의 사실이므로

창을 타고
시간이 흘러올 때 나의 몸은
꿈의 반짝이는 미끼가 되고
나의 발꿈치를 꿰어 모으던 그림자의 미늘은
침묵중에 의심을 그친다 고요는
창에 비친 사물들의 시선에 스민다
그럼에도

유리의 비밀은
유리의 투명한 사실이므로
창을 창으로 채울 때
창은 창이 된다

꿈이 그 자리에
몸을 맞추고
눈을 튼다


창 없는 복도에서 깨어나
꿈의 복도를 헤매는 동안은
꿈이 복도일 거란 의심 구하지 못했다

손끝을 벽에 대고 걸으며
복도로 향하는 복도인 줄은

## 자정의 기도

빛으로부터 제외되어 나는 눈뜹니다. 이곳은 모두에게 잊혀진 관람차 객실, 혹은 물이 새는 어항. 눈을 한 번 깜빡일 때마다 한 방울씩 물이 새지요. 한 톨씩 빛점이 사라지지요.

이곳은 범고래에게 포위된 한 조각 유빙, 혹은 귀신과 눈싸움하는 침대 위. 깜빡일 때마다 한 뼘씩 얼굴이 다가오지요. 네 개의 벽이 한 걸음씩 오므라들 때, 나는 벽지를 타고 흘러내리는 소화액에 혀를 대어봅니다. 따뜻해요. 괜찮아요. 그러나 귀신을 귀신이라 부르면 귀신에게 끔찍한 일이 일어나겠지요.

내겐 바늘에 걸린 입술이 있고, 그렇다면 바늘에 끌려가는 나의 몸이 있지요. 미끼는 아름다웠겠죠, 내겐 일용할 의심이 절박했나봅니다. 떨리는 몸으로 바깥을 기다리며, 나는 이 방의 커피포트인 걸까요, 수면에 잠겨 흔들리는 막대찌인 걸까요.

미끼가 있다면 당신이 있나요. 당신이 있다면 진실로 바깥이 있나요. 빛을 찾기 위해 내게 남은 빛을 마저 지워봅니다. 어둠 속에서 속수무책으로 피어나는 빛점들, 혼몽간에 벌어지는 입술들. 그렇다면 나는 천 개의 입술을 가진 수국, 당신은 이 방에 초대된 유일한 재앙. 천 개의 핑킹가위를 가진 범고래.

이 방엔 밖에서 잠긴 출구가 있지요. 그건 나의 발이 사라진 이유. 어둠 속에 누워 탈출과 무관한 출구를 바라보며 나는 출구를 이해합니다. 먹잇감에 몰입하며 기척을 지우는 맹수처럼, 면벽하며 깊어지는 이 방의 거울들처럼. 가끔 들려오는 거울의 기척을 모른 척합니다.

이곳은 밤에 잠긴 당신의 정원. 이곳의 모든 꽃이 아문다면 어떨까요. 빛의 손길 아래 기도하던 입술들이 모두 아물었듯이, 당신의 심장 위에 포개어둔 나의 귀가 아물었듯이. 미처 다 아물지 못한 당신의 얼굴들이 차오를 때, 이곳은 흉터 없는 풍선이 되어 부풀어오릅니다.

이곳은 이명 속의 비명. 비명 속의 이명. 나는 당신의 침묵을 가장 사랑하고, 당신은 나의 짧은 침묵도 견디지 못하지요. 이 방의 귀퉁이를 접으며 당신 거기 있나요. 이곳에서 눈뜨기 전 마지막으로 마주했던 눈동자로서, 마지막 눈동자를 감겨줄 손그림자로서

# 쉴 만한 물가

당신과 개울을 건너다 나는 알아버렸지. 살아서 건너야 할 개울이 이렇게 깊을 리 없다고. 그러나 당신이 앞으로, 앞으로 가자고 했으므로, 나는 앞으로 갔다. 가고자 했으나 바닥에 발이 닿지 않았다. 당신은 이곳으로, 이곳으로 오라고 했다. 당신이 험한 곳에 있었으므로 나는 그곳으로 갔다. 가고자 했으나 닿지 않았다. 당신은 점점 더 깊은 곳으로만 향했으므로, 나는 혼자 돌아왔다. 돌아가고자 했으나 발이 닿지 않았다. 나를 잃어도 두려워하지 말라며 당신은, 물속으로 걸어들어갔다. 나는 배웅했다. 배웅하고자 했으나 눈과 코와 입이 막혀 하지 못했다.

개울을 건너 당신은 돌아왔다. "나도 내가 돌아오지 않을 줄 알았어", 당신이 말할 때, 나는 알아버렸지. 산 사람의 목소리가 이렇게 아름다울 수는 없다고. 우리가 쉴 만한 물가를 떠나온 이유가 생각나지 않았다. 우리가 건너편으로 옮기고자 했던 것이 무엇인지 생각나지 않았다. 당신에게 알리지 않아도 좋다고 생각했다. 당신은 이곳에 돌아오지 못했다고, 당신과 나의 사이가 깊어서 누구도 살아서 그 사이를 건너지 못할 거라고. 나는 가고 있다. 발이 닿지 않아서 가지 못한다. 두려웠다, 두렵지 않다

Interlude

## 하다못해 코창에서 스노클링을 하다가 말미잘을 보고도 네 생각이 났어

어젠 스노클링을 했어
위를 향해 벌린 대왕조개 입을
둥둥 뜬 채 한참 내려다보았지

무슨 말을 할 것 같아서
무슨 말을 하고 있는 것 같아서

스노클링을 하다 한국 사람을 만났어
그 사람은 어딜 보아도 히피였지
흠 없는 히피였고

아무튼

어제 만난 코리안 히피의 말에 따르면
마리화나는 치앙마이 것이 유명하대
이 말을 전해주려는 건 아니고

마음이 바닥났어
마음에 가라앉았던
주검들이 드러났더라고

그렇다고 주검들과 함께 누워
시체놀이를 한 건 아니고

론리 비치에 나가
일광욕을 했지
마음이 바닥나서 이곳에 왔는데
통장 잔고도 바닥이 나버렸어

어제 만난 코리안 히피의 말에 따르면
방비엥에선 아편도 판대
영어로 오우피움이라고 하면 알아듣는대
그렇다고 내가 방비엥에 가보겠단 건 아니고
그게 꼭
통장 잔고 때문은 아니고

멍한 방에 누워 멍하니 있으면
고물 에어컨 소리가 파도 소리 같더라고
파도 소리에 맞춰 혼자 춤을 추는데
벽 속에서 누군가 끽끽 웃더라고
이제 내가 헛것도 듣는구나
약 같은 거 없이도 훌륭하구나 했는데

어제 만난 코리안 히피의 말에 따르면
쩽쪽이라는 도마뱀이더라고
쩽쪽이가 끽끽 웃은 거였구나 말했더니
끽끽 웃은 게 아니라 끽끽 운 거래

—　춤춘 거랑은 아무 상관 없고 원래 그냥 운대

원래 그냥 우는 애가 어딨어
그래도 뭔가 이유가 있어서 울었겠지
그렇다고 이 말을 그 사람한테 했던 건 아니고

밤바다에 누워서 하늘 보면 북두칠성이
물음표로 보이더라고 바다 위 흔들리는
오징어 배가 더 별 같더라고 오징어 배를 보며 난
도망자가 아니라 목동 같고 이곳은
섬의 끄트머리가 아니라 초원의 한가운데 같고 매애애
흔들리는 별을 흔들리는 눈길로 쓸어보는 호수 같고
마른 우물을 내려다보는 목동의
까마득함도 알 것 같아서
옆에 누운 주검들도 다
마음 같더라고 마음이라서
주검이 된 것 같더라고

생각을 그치면 다시, 파도 소리 들려오고
들려오면, 난
주검들 사이에서 슬쩍 일어나
춤을 추지 춤추다
말을 잃고 집에 오지

잃은 말을 전하려 편지를 쓴다

그러면 너는
가능한 한 가장 먼 미래에서
시 읽는 사람
방비엥도 코창도 모르지만
지구 이야기 읽는 사람
히피가 대마법사가 되든
쩡쪽이 드래곤이 되든
마음에 잠긴 주검 같은 건 본 적도 없는
이 시를 읽는 마지막 인류

나는 입 벌린 대왕조개가 되어
물에 잠겨 사라질 말들을
편지 위에 풀어놓지

마음이 사라지기 직전의 인류에게
사랑하는 헛것*에게

너를 떠올리며 나는 어려지고
어린아이의 목소리로 끌고 가야만
닿을 수 있는 지옥이 있어
나는 어려지기만 해

기도도 욕망이라면
기도도 그만둘 거야

그나저나 어제 만난 코리안 히피도
가끔은 시를 쓸까?
시 쓴다고 하면 그 사람 그만 봐야지

스쿠터를 타고 섬의 동쪽으로 가서
해안선을 달리면
아카시아꽃 향기가 나
죽어보려 속도를 올리면
아카시아 태풍도 맞을 수 있어

* 김언, 『시는 이별에 대해서 말하지 않는다』, 난다, 2019. 이 시도
이별에 대해 말하지 말아줬으면 해.

# 2부

스스로에게 배웅하는 법을 배울 때까지

## 동봉
### —취급 주의

이 상자 안에는 당신이 원하는
상자가 있어요

내가 해결할 수 없는 이 상자 안에는
당신이 원하는 상자가 있고
그 안에 무엇이 있을지
나는 미리 상상하지 않아요

주머니의 안과 밖을 뒤집듯
이 상자의 안쪽을 보여줄 수 있겠지만
이 상자 안에는 당신이 원하는 상자뿐이에요

당신이 원하는 상자 안에 있는 그것은 당신의 것이에요
괜찮다면
당신이 원하는 상자를 내게 주세요
그럼

당신이 원하는 상자가 들어 있는
나의 상자를 당신에게 줄게요

## 고향, 잠

거제도
능포 바닷가
옥수교회 본당 예배실
나무로 된 둥근 강대상 안쪽 면엔
미닫이문으로
열리는
닫히는
꽤 널찍한 수납공간이 있었다

그 안에는 『찬미예수 1000』 악보나
고장난 마이크 케이블이나
오래된 설교 원고나
아주 오래된... 말하자면,
태어나기 전의 날짜가 적혀 있는 주보 같은 것들이
들어 있곤 했다
권사님들도 이곳은
잘 열어보지 않는 것 같았다

어린이부 예배가 끝나고
교회 마당에서 숨바꼭질을 할 때도
그곳에 들어가 몸을 말고 숨어 있으면
아무도 나를 찾지 못했다

어떤 날엔 그러다 잠들어
깨어보니

주일예배 한가운데
숨어 있었다

찬송 소리가
모두 내게 오는 것 같은
어둠 속이었다

까마득히 나는, 오래전부터... 말하자면,
이곳의 어둠보다 먼저
이곳에 와 있었던 것 같았다
처음 느껴보는 그리움이었지만
익숙해서
곧 다시 잠에 들었다

## 다 적어내려 하다간 백지가 젖어버릴

이런 폭우 속에서라면
무엇이든 말해버릴 것 같다
입을 버릴 수 있을 것 같다

우산 아래 숨어든 말들을 모른 척
다 적어버릴 것 같다
죽어가는 사람의 귀에 대고 속삭이듯
마지막 남은 말로
"내게 영혼을 보여주지 말아줘"

누구도 내게 속삭이지 않고
모든 파문으로 빛나가는 사건의
마다와 마다에서
하나 마나인 말을 위해
쓰나 마나인 우산을 쓴다

이 비밀이 비보다 길어질까봐
그 말을 내가 다 듣고 있을까봐
영혼을 보던 눈으로 진창을 본다

이런 우산 아래서
이런 빗속을 생각하다간
내게 없는 말로만

빗속에 서 있게 된다

빗소리 듣는다

## 겨울의 예외에서

사람 모양 쿠키를 쪼개어 먹으며 생각한다
잃고 싶어 내민 손이었다고

눈이 오지 않았다
눈이 오지 않는다
사이에서

월요일의 창밖엔
월요일의 눈사람이
화요일엔
화요일의 눈사람이 몸을 잃어간다

볕의 손을 타고 전해오는 소식들을
별수없이 들으며
별수없는 졸음을 기다리다

쥔 적도 놓은 적도 없는 곁이었다고
그래서 손을 꽉 쥔 채 깨어나야 했던 거라고

엄지와 검지로 손목을 둘러 잡고
나이만큼 주먹을 쥐었다 펴며 생각했다

월요일의 창밖엔

창백한 목련들
공중을 쥐고 있다

화요일엔
송이째 갈변하는 목련이
목련의 마지막까지 쥐고 있는
창백한 공중을 바라보며

열을 세고
다시 열을 세고
남은 열을 세고 다시 생각한다

손이 흉터였고
손을 탄 흉이라고

흰 손을 녹이는 흰 눈
핏기 없는 흑백의 창밖으로부터
표백되어 번지는 불꽃

너무 오래 서 있어서
나가야 할 곳과 돌아가야 할 곳을
구분할 수 없게 된 출구였다

## 무사히 놀이

설날 귀성길
네 살, 다섯 살의 나는
오래된, 기억 속에선 더 오래된
자동차, 아빠 차
뒷자리에 앉아
조수석에 앉은 어린 엄마와
이제 와 떠올리면 오래된
엄마와
오래된 만큼 어린
이제 와 낯선 엄마와
거제에서 서울까지
까치집을 셌다

겨울나무에 앉은 까치집을
많이 세는 사람이 이기는 놀이였다
어떤 나무에 까치집이 두 개가 있으면
엄마가 먼저 볼까 "까치집!" 두 번 세 번 소리쳤다
'그때 그 둥지들이 꼭 까치 둥지는 아니었을 수도 있다'고
기억의 이곳 즈음 주석을 달아둔다
나만 보고 웃으려 달아두는 건데
역시 시는 어렵다

까치집을 세다

내가 잠들기도
엄마가 잠들기도 했다
자다 깨면 나는 내가 몇 개나 셌는지 까먹고
그게 속상하고
엄마한테 물어보기도 했다
엄마가 알려주면
거기서부터 다시 셌다
엄마가 잠든 것 같으면
엄마가 몇 개까지 셌는지
속으로 생각했다
'엄마는 일곱 개, 엄마는 일곱 개……'

오늘 퇴근길 지하철엔
왠지 사람이 더 많은 것 같고
오늘은 정말 안 될 것 같아서
다시 내려
택시를 탔다
그래도 만원 열차에서 삼십 분 버텨
만원은 벌었다고 생각해봤다
'만원 열차 만원 만원은 만원……'
이것도 혼자서만 웃으려 몰래 했던 생각인데
역시 시는 어렵다

그리고 정말 이렇게는…… 오늘
내가 안 살았으면 좋겠는 날
택시 뒷자리에 앉아
눈을 감고
까치집을 센다

이제 까치집은
세고 싶은 만큼만 센다
택시 조수석엔 다섯 살 난 엄마가
오래된 이 잠보다 조용히 잠들어 있고
여기서 찾은 까치집은
다른 새 둥지일 리 없이 까치집이다

어떤 둥지는
보아도 세지 않고 남겨둔다
잠든 엄마가 꿈에서 세고 싶을지 모르니까
이곳에 다시 온 늙은 내가
눈이 침침할 수도 있으니까

언젠가 내게 아이가 있어
언제고 눈을 감고 기도하는 법을 물어온다면
이 이야기를 해줘야지

함께 눈을 감고
까치집 세기 놀이를 할 거야
무사히
무사히 놀이

왜 손을 모아야 하는지 물어보면
무슨 이야기를 해줘야 하지
이제부터 손을 모으고 생각해봐야지
그런데 손을 모으면
시를 쓸 수 없

## 빛의 궁지

**숨어라**

숨바꼭질을 하다 숨는 척 집에 돌아오던 길
구름이 나를 따라온다 믿었다

상어에게 쫓기는 물고기들에겐
수면이 낭떠러지겠지

**숨어라**

눈을 감은 아이는 하나였고
숨을 곳이 마땅치 않은 아이들이 많았는데

**숨어라**

천사는 약속이 너무 많아서
열 손가락에 모두 반지를 끼고 다닐 거야
날개 달린 천사들에게도
거울은 낭떠러지일 거야

**숨어라**

길바닥에 떨어진 천사의 명찰을 주워오던 길

하얀 목련을 손에 넣고 구기면
붉은 손금이 꽃잎 위로 옮아갔다

**숨어라**

거울 속의 정적에 천사가
빠지거나 젖어들거나

늪지 위의 양떼가 안개에
가려지거나 스며들거나

오후의 백지에 오전의 백지가
갇히거나 옮아가거나

**땡**

눈을 감았다 뜨면
창밖엔 멈춰 서 있는 아이들

**얼음**

눈을 감았다 뜰 때마다
더 가까운 곳에 멈춰 서서

빤히 유리창을 올려다보는 아이들의
벌린 입
에서 흘러내리는 침

땡

기억하고 싶은 일이 없어
일기장에 그림만 그렸다

**얼음**

아무것도 시작하지 않았고
아무것도 끝나지 않았다

땡

꿈 밖을 바꾸기 위해
꿈 속에서 노력했다

**얼음**

자다 깨어 일기장을 꺼내고
아무 일도 일어나지 않기를 바랐다

**땡**

책상 아래 웅크려 잠에 들었고
꿈 속의 냉동칸에서 발각되었다

**얼음**

천사와의 숨바꼭질에서
항상 나는 깍두기였다

**땡**

눈을 감고
빛이 가득 고일 때까지 기다렸다

숨어라, 꼭,
꼭꼭

## 추억은 배낭에 쓰레기는 가슴에

그러니까, 철수와 영희가
장기 여행자이자 인스타 헤비 업로더였을 때
기억 속에 수많은 객실을 가진
임대업자들이었을 때
그러나 세 들어오는 이 있을 리 없이

축제가 한창이던 어떤 도시에서 영희는
텅텅 빈 방들을 가슴에 주렁주렁 매달고서
"Do you have an available room?"
빈 방들을 욱여넣을 빈 방을 찾다가
찾아 걷다가 찾다가 영희는
텅 빈 이 몸을 이국의 귀신에게 물려주고 싶었다지

온통 소똥*뿐인 골목에서 철수는 심통이 나 카메라**로
똥만 찍고 다니다
골목에 쭈그려앉은 영희를 처음 보게 된다
소똥, 개똥, 쥐똥, 새똥, 사람똥, 돼지똥,
철수(selfie), 똥에 파묻힌 꽃잎, 소똥 속에 죽어 있는 쥐,
일렬로 난 똥, 똥 위로 난 바큇자국, 그리고... 영희

"그러니까 철수야, 모든 걸 그만두고 모든 걸 함께하고
싶어"

어느 밤, 악몽에서 내쳐진 영희에게
잠든 철수의 눈잔등은
열쇠를 삼킨 채 닫힌 싱글 룸처럼 막막해지고
그래도 이 악몽만은 우리를 진실하게 사랑한다 믿고 싶고
사랑안한다, 사랑한다, 사랑해라, 사랑해, 사랑안한다...

다음날 아침, 영희와 나란히 거울 앞에 서서 양치를 하며
'우리의 여덟 개의 눈동자가 마주칠 4의 4제곱 개 경우의
시선'***에 잠겨 있던
철수에게
영희의 빈 방들이 어항처럼 투명하게 보이기 시작했을 때
영희야말로 구원에 최적화된 영혼 같다고 느끼게 되었
을 때

서로가 서로의 끝을 배통 속에 감춰둔 것처럼
가까워지며 끝으로만 가는 것 같았지

손가락 총을 서로에게 겨누고
"이 놀이에 먼저 질리는 사람은 진짜 총 맞는 거야"

빵! "철수를 좋아하는 영희"
빵! "철수를 좋아하는 영희를 좋아하는 철수"
빵! "철수를 좋아하는 영희를 좋아하는 철수를 좋아하

─ 는 영희"

"철수를 좋아하는 영희를… 영희를…"

그렇게 수많은 서로를 잃고도
아직 그들이 철수와 영희라는 건 믿고 싶지 않았지만, 그
래도
철수 같은 철수의 눈을 알게 된 영희였다
철수는 철수라서 영희를 알 수 있을 것 같은… 철수였다

이젠 악몽도 찾아오지 않는 빈 방에서, '내가 살고 있는데
왜 이곳은 빈 방이지?' 생각이 들 때면
내가 찾으려던 철수 너를 이제 너도 찾게 되었을까 궁금
해지는 영희였다****
절대 기억 안 한다는 영희의 말을 영희가 잘 지키고 있을
지 궁금해지는 철수였다

─

* 성스러운 소똥, holy cow의 holy shit. 뜬금없이 화장실에서 터지곤 하는 영희의 웃음 지뢰.
** 라이카임.
*** 눈동자는 거울 속에 넷+거울 밖에 넷. 그러나, 언젠가 이 장면을 반복 재생하던 철수는 그곳엔 사실 7 팩토리얼 개의 경우의 시선이 있었다는 걸 알게 된다. 그리고 지금, 이 장면을 바라보는 자신의 왼쪽 눈과 오른쪽 눈 때문에 2를 더 곱해야 한다는 것도. 여기까지가 전지적 철수 시점.
**** 물론 전지적 철수 시점이다.

## 고락푸르행 따깔 티켓

"미안해, 이제 너에 대한 아무런 상상이 없어"
그리던 ■■■를 다 칠하지도 않고 영희는 철수를 떠났지
고락푸르로

그때, 처음으로 철수는 시인이 되고 싶었던 것 같다
그러곤
십 년 동안 영희를 글로 쓴 적 없지
영희가 악몽으로 돌아올 때까지 기다렸지*
언제는, 피 흘리는 둥근 조약돌이 되어 등장했고
포크로 자신의 목젖을 찌르는 천사가 되기도 했다

(전지적 철수 시점으로 다시 기억해보자면…… 다시 써
야겠지)
  조약돌을 주워 올렸는데 피를 흘리고 있길래
  천사를 만났는데 포크로 목을 찌르길래 ~~봔~~영희인 줄 알
았지

  피 흘리는 돌을 어디서나 자꾸 낳게 되는 거위가 되거나
  천사의 목을 가르고 꺼낸 보라성게가 되기도 했지

  그러면 ~~나~~철수는 그 꿈의 가장 어두운 곳으로 도망쳤지
  완벽하게 도망쳐서 철수는 철수가 무엇으로부터 도망쳤
는지 잊을 만큼

도망치고 그래서 여기는 어디지? 「**여기가 어디지**」라는 질
문에선 어떻게 도망가지?

한 톨의 빛점이라도 있었다면 이 꿈의 어둠을 무언가의 그
림자라 말해볼 수 있었겠지만…… 시를 쓸수록 악몽이 진화
하는걸, 이제 악몽이 아니면 울지도 못하니깐. 이 악몽 속에
선 아무 상상이 없어. 이 악몽 속에선 아무 악몽이 없어. 이
철수 속에는 아무도 없어. 이 상상 속에는 철수가 없어. 철
수에 대한 아무 철수도 없어……

그리고 언젠가 철수는 누군가로부터 편지를 받게 된다
"미안해, 너에 대한 터무니없는 상상으로 이런 편지를 쓴
다"는 문장으로 시작하는 아주 긴 편지를

그러나 이제 철수는 거위의 슬픔을 가지게 되었고
보라성게의 목소리를 가졌으므로

첫 문장 뒤로는
■■■■■■■■■■■■■■■■■■■■
■■ ■■ ■■■. ■, ■■ ■■■ ■■■
■ ■ ■■■ ■ ■■■ ■■ ■ ■ ■■■
■■■■ ■ ■■■ ■■■. ■■ ■■ ■■■■? ■■
■■■ ■■■ ■■■ ■ ■■■■■■■■■……
검은 자리뿐이다

'검은 기차가 지나가는 거야'라고 생각해보았지만
그런다고 기차가 지나가진 않았다

* 철수 said, "꿈은 쓸 수 있을 것 같아…… 꿈도 내게 ■■■■
■■■".

하다못해 코창에서 스노클링을 하다가 말미잘을 보
고도 네 생각이 났어

# 천사 금지 소년 금지 영원 금지

문득 바람 불 때
양팔을 벌리고 몸을 앞으로 기울이면
바람만큼 날 수 있었다
꿈에선 그랬다
원래부터

꿈에선
꿈보다 높이 올랐다
어느 설원 한가운데에서 바람이 다해
눈 위에 내렸다

멀리서부터 누군가 다가오고 있었다
나는 반가워서 양팔을 펄럭였다
가까워지며
그것이 세 마리의 늑대라는 걸 알
게 되었다
가까워지며, 그들이 몹시 배가 고프
다는 걸 알게 되었다
더 굶주린다면 서로를 잡아먹을지
도 모른다는 걸, 벌써 몇 마리의 서
로를 잡아먹었을지도 모른다는 걸
가까워지며 그들의 적개심과 호기
심과 반가움과 굶주림과,

……잠꼬대? 내가 뭐라고 말
했는데? 응? 왜 삐진 건데,
잠꼬대잖아? 아니 잠꼬대인
데 무슨 말을 했는지 내가 어
떻게 알아. 무슨 말을 했는
지 알아야 미안하든지 말든
지 하지. 아니 내가 오늘 꿈
에서 하늘을 날고 있었어. 아
니 내 키가 더 자라진 않겠
지. 근데 늑대들이 막 날 뜯
어먹었어. 아니 늑대들이 하
늘을 난 건 아니고 내가 바
람이 안 불면 못 날거든 그
래서…… 아니, 내가 한 말이
긴 해도 잠꼬대잖아. 내가 무
슨 말을 했는지 말해줘야 내
가…… 날면서 한 말인데 무
슨 말인들 못하겠어? 아 뜯어
먹히면서 한 말인가? 물론 니
가 화가 났다면 잠꼬대를 한
내 잘못이겠지만 그 말은 내
가 한 말인데 내가 한 말은 아
닌 거고 그러니까 내가 미안

그들 서로의 사랑을 알게 되었다
너무 가까워서, 이들의 허기 같은 사
랑이, 사랑 같은 허기가 내 것 같았다
서로일 만큼 가까워지면, 헐떡이는
세 마리, 여섯 개의 노란 눈에 비친.
나의 열두 개의 눈빛을 일일이 알
게 되었을 때


너희가 나를 여기로 불렀구나
나는 너희의 응답이구나


여섯 개의 눈을 통해 보았다
저것은 나의 뼈
저것은 나의 내장
저것은 나의 날개
저것은 나의 응답

하다고 해도 그건 내가 미안
하다고 하는 게 아닌 거고 지
금 내가 했던 말을 계속 하는
거 같은데…… 여보세요? 왜
말이 없어, 죽션이니? 죽션
아? 아니 미안해 안 웃겨. 웃
은 거 아니야. **지금 궁서체야
진지해. 그래 앞으로 잠꼬대
안 할게. 공포영화도 덜 볼
게. 다큐멘터리도. 시집도. 아
니 일부러 한 말 진짜 아니
야, 무슨 말을 했는지는 진짜
진짜 모르지만, 아무튼. 헛소
리 안 하기, 약속. 두 번 약
속. 영원히. 인 세 쿨라 세쿨
로룸 아멘. 꼭 꼭 약속.**

## 크라잉 게임


팔각 거울 앞에서 옷을 벗고
몸에 핀 멍을 세어보던
열두 살 열한
열 살 아홉

천사는
팔각 거울에 묻힌
나의 눈동자 속에 고립되었다

공벌레처럼 웅크리고
내가 눈을 깜빡일 때마다
바늘에 멍이 찔린 듯
눈동자 속에서 움찔거리고

더 아름다운 영혼을 가졌더라면
더 부끄러웠을 거야

다행이지

열두 살,
거울은 투명하지 않고
거울을 보는 나는 투명하게 드러나고
밖에서 고양이가 울면

거울 앞에 입을 벌리고
내가 운다고 생각했다

열한 살,
천사의 머리칼을 베어 만든 밧줄에
목을 매는 상상
목이 아주 길어져서
차가운 바닥에 더 차가운 발이 도로 놓이는 상상
나의 처음보다 더 깨끗한 몸으로
죽은 나를 바라보는 상상

열 살,
울음은 입에 이불을
말아 넣어야 하는 이유
세탁기 속에 영혼을 둘둘 구겨 넣고
잠자는 귀신들
너무 많은 아이들을 우물 속에서
꺼내주면 안 되지
한꺼번에 울고 싶어질 테니까

아홉 살,
잠의 직전
잠에 영영 갇히는 것 같아

멍과 멍이 부딪친 듯 깨어났지
목이 말랐지만 거실 소파엔
악마가 잠들어 있고
어둠 속에서 거울은 생물 같았지 밤새 스스로
깨끗해지는
모두가
잠들면
아무도 모르게 방문을
잠그고 잠에
들면

열두 살, 잠에 들면
한 번도 죄를 짓지 않은 천사들이
내게 돌을 던졌다

열한 살, 잠에 들면
낙원으로 사라진 아이들을 찾아가다
악마들이 잠든 방을 열었네
사라진 아이들을 찾으면
내가 사라질 수 있을 것 같았지

열 살
창에 찔린 나의 옆구리에

손을 넣어보면
너무 먼 나의 심장
너무 가까운 팔각 거울

아홉 살
얼음 구멍의 위치를 까먹은
물범이 되어
목이 자꾸 길어지고
숨구멍을 찾아야 하는데
투명한 얼음 바닥에 비친
투명한 나의 눈에 갇힌
투명한 천사의 몸
움찔거려

## 등 위에 바보라 쓴다 해도 나는 바다로 알 거야


나무 아래 앉아
나무의 여러 가지를 받아 적다가

참새 발목에 묶인
그림자의 매듭을 풀어주려
백지에 구멍을 내어보다가

이건 너의 숨소리
잠결이지만 나는 알지

나무 그늘 속 흰 점들 사이로
시간이 고여들 때
빛의 속도로
빛이 내게 와 닿을 때

끝의 시작인 하루가
이제 시작이란 걸
꿈결이라 나는 알지

들숨을 지우는 날숨에
포개어 잠든 숨표들
쿨쿨
날숨을 지우는 들숨에

포개어 잠든 늘임표들

이건 너의 숨소리
새가 노래하듯이
새가 노래하다 말듯이
나는 알지
알고 웃지

없는 마음에 없는 일상을 기대고
없는 영원에 없는 시선을 맞추고

다 그만둬도
꿈을 그만둘 순 없고
다 포기해도
꿈에선 포기할 수 없어

한줌의 숨으로 어두워지고
한줌의 숨으로 밝아지는
구름 그늘 아래서
식물에 잠겨가는 산책길에서
검정이 옮아갈 때마다
연필 쥔 손이 희미해지는
백지 위에서

연필에 피가 돌 때까지
백지 위의 하얀 눈알들에게
잠 위에 맺힌 검은 음표들을
모두 공평히 나눠줄 때까지

쿨쿨
자고 나면 잊히듯이
꿈 속이라 기억나듯이

기도하는 포로들
중얼중얼 주렁주렁
기도하는 포도나무들

금붕어 금붕어
뻐끔뻐끔 끔벅끔벅
겨울 참새 입김
호
꾸벅꾸벅 끄덕끄덕

## 시론에는 원고료가 없고

시간과 시간 사이의 인과를 지우기 위해 쓴다. 웃음거리가 되기 위해서 쓴다.

이곳은 내가 사는 곳이 아니라서 쓴다. 이곳에 대해 아무것도 모른다는 불안으로 밤새 떨었기 때문에 쓴다. 기억나는 노래를 다 불러도 밤이 끝나지 않아서 쓴다. 밤이 노래를 다 삼켜버릴까봐 쓴다.

장롱 속에 숨어 있는 아이에게 노래를 불러주기 위해 쓴다. 그런 노래는 불러주어도 소용이 없어서 쓴다. 그렇게 말하고 나니, 더이상 할 수 있는 말이 없어서 쓴다. 고통 속에서는 시간이 혈전으로 굳어버리기 때문에 쓴다. 어느 깊은 장롱 속으로 누군가 영영 사라져버렸기 때문에 쓴다. 딱지를 떼어내 상처를 들춰보는 아이의 기분으로.

아무리 크게 소리쳐도 태연한 악몽 속에서, 나를 호명하는 목소리들에게 씩씩하게 대답하기 위해 쓴다. 주변의 빛으로만 존재하는 그늘을 위해 쓴다. 접시는 칼에 썰리면 안 되기 때문에 쓴다. 마땅히 사랑이라 불러야 할 것이 없어서 쓴다. 이야기 이후에도 이야기가 계속된다는 걸 믿지 못해서 쓴다. 먼 기억이 나를 찾아 어항 속을 헤매고 있으므로, 쓴다.

벌레 죽인 휴지에 코를 풀 수 없기에 쓴다. 오줌 눈 변기에 침을 뱉을 수 없어서 쓴다. 어제 죽인 벌레가

꿈 속의 생일 케이크를 갉아먹어서 쓴다. 휴지 위에, 케이크 위에 쓴다. 휴지를 위해, 케이크를 위해

언제고 다시 돌아올 것 같아서 쓴다. 살 속에 잠겨 있는 칼을 다시 꺼내기 위해 쓴다. 나는 아프지 않은데 보는 사람이 아프다고 해서 쓴다. 그러나 아픈 건 또 생각해도 아파서 쓴다. 살아야 하는 이유가 아주 많이 필요해서 쓴다. 가장 정교한 망상을 위해서 쓴다. 이름을 잃을 때 나의 모서리가 정확해졌으므로, 날개를 떼어내야만 천사들은 날 수 있었으므로.

━━━━━━━━━━━━━━━━들. 처럼. 처럼의 처럼처럼. 처럼의 처음처럼. ━━━━━━━━━━~~때까지~~ 인간을 낳기 위해 쓴다. 정적 속의 광기를 꺼내기 위해 쓴다. 미친 사람의 절규에서 리듬을 찾기 위해 쓴다.

신이 누군가를 용서해버릴까봐 두려워서 쓴다. 이 세계에 대한 판례가 없으므로 쓴다. 어떤 웃음은, 도대체 왜 생겨나는지 알 수 없어서 쓴다.

몸 속에 갇힌 나의 어린 신을 자유롭게 하기 위해 쓴다.

도무지 늙지 않아서 쓴다. 청춘을 버려두고 걷고 싶어서 쓴다. 원수의 짐을 지고 가기 위해 쓴다. 당신에게 읽힐 수 있다는 기대를 버리기 위해서 쓴다. 내가 기억하지 않는다면, 누군가 장롱 속에서 영영 나오지 않게 될까봐 쓴다. 이제 나는 시의 숙주인데, 빈대는 그걸 모르는 것 같아서 쓴다. 빈대를 위해, 오직 빈대를 위해.

형상은 되돌릴 수 없기 때문에 쓴다. 질료를 가질 수 없는 천사들이 내게 와 옹알이기 때문에 쓴다. 커튼을 전제한 방의 내부와 커튼을 전제하지 않은 방의 내부가 다르기 때문에 쓴다. 액자 속의 모든 일이 필연인 것 같아서 쓴다. 주사위는 몇 번이고 다시 던질 수 있기 때문에 쓴다. 시가 아니어도 살고 싶어서 쓴다. 오늘을 믿을 수 없어서, 십 분만 더 자고 싶어서 쓴다.

ㄴ쁜 악몽 속으로 ㅅㅓㄹㄦ진 ⓛㅓ의 영혼의
önㅑrøpㅑy로 ㄴㅐ겐 ∅l런 문ㅈㅂ0l ㄴ쁜리ㄳ...


...ㅈㅏㄴㅣ¿
ㄴㅓ(쟈)는 동◉ㅂㄴㅓ의 숨소리ㅇㅔ ㅇi름도 붙ㅇㅕ두었(ㅇ)ㅓ
우ㅝㄲr 숨쉬는 ㅇi 눈둠◉i ㅕ짓ㅓ ㅇㄴ니ㄲ를
눈둠ㅓㄱl(ㅁ)ㅂ을 ㅂrㄹㅏ뜨며...


그ㄹㅓ(ㄴ)l 까... ㄴㅓ는 ㅈㅏ고...
ⓣㅏ건 소ㄹㄱl를 죽◉ㅕㄱㅏ며 ∅l런 ㅅl를 밤ㅅㅐ 쓰는 ㄱ게
낚싯ㅂㄴ늘을 ㅓ占킨 갯ⓩl 렁◉i
를 ㅅ占킨 물ㅁ기l를 ㅅ占킨 ㅅㅏ람의
꿈, 그 dRëaM의 식탁 위∅에 ㅊrㄹㅕ진 생일 케◉i크, 달
콤ㅎㅏㄱ게
썩ㄴⓖㅑ는 ㄴㅓ 의
탄생 속ㄲㅔ 숨(ㅇ)ㅓ 있는
凹ㅏ늘을 ㄷㅏㅅl 끄집ㄴㅕㄴㅐ는 일ㅇlㄹr면, 일ㅇlㄹㅏ(ㅅ)ㅓ


((((凹ㅏ늘))))


∅l ㅂㅏ늘을 ㄴHㄱㄴ 도로 삼ㅋl는 일ㅇl 되ㅓㅓ◌ㅑ
ⓗㄴㄷㅏ면,
삼ㅋlㄱl 되◉ㅓ야 ⓗㅏㄷㄹ ㅏ도
...괜찮ㅇㅏ~...
ㄴㄴ는 5십 살(=知天命) ◉i 되◉ㅕㅅㅓ도 ㅇl
ㅅl (pøëㅑry, 詩, poème, कविता)를 소리 ㄴㅐㄴㅕ 읽을 〉ㄴl

ㄲㄴ(poesía, versus, dikt, אמר, poezja, บทกวี...)

네ㄱr 잠든 동⊙ㅂ 조용ㅎㅣ 곁●ㅔ㉛ㅓ

ㄴㅓ ♥의 잠ㅊㅓ럼 깊은(DEEP) 목구멍(OCEAN) 속으로

그 ㉾ㅏ늘(=형태소, morpheme, not morphine)들을 ㄷrㅅㅣ

삼킬 ㄱㅕ야


때㉾ㅏ침

때(ㅁ)ㅏ침ㅊㅓ럼

㉛ㅓ럼의 ㅊㅓ럼(ㅊ)ㅓ럼 창밖ㅔ는

불ㄱㅏ해㉠ㄴ ㅂㅣㄱㅏ ㄴㅐㄹㅣㄱ


˚  ☆   ★˙☆  ˳ ★˚˳  ˙★ ˳ ˚  ˳  ★  ˳ ˙  ☆ ★ ˚˳   ☆
˳  ˳      ★   ˳  ˚★ ˚˚ ★ ˳   ˳★˚☆  ˳  ˳ ☆ ☆ ★ ˚˳   ☆


ε ¨ 3ε⁄⁄˙°˙⁄⁄3ε⁄⁄˙°˙⁄⁄3ε ¨ 3ε⁄⁄˙°˙⁄⁄3ε⁄⁄˙°˙⁄⁄3ε ¨ 3


  ∘   ∘  ∘   ∘   ∘   ∘  ∘   ∘   ∘   ∘   ∘   ∘
 ∘   ∘   ∘   ∘   ∘   ∘   ∘   ∘   ∘   ∘   ∘   ∘
  ∘   ∘   ∘   ∘   ∘   ∘   ∘   ∘   ∘   ∘   ∘
 ∘   ∘   ∘   ∘   ∘   ∘   ∘   ∘   ∘   ∘   ∘   ∘
∘   ∘   ∘  (((ㅂㄱ눌)))  ∘   ∘   ∘   ∘   ∘
 ∘   ∘   ∘   ∘   ∘   ∘   ∘   ∘   ∘   ∘   ∘   ∘
  ∘   ∘   ∘   ∘   ∘   ∘   ∘   ∘   ∘   ∘   ∘


...ㅇㅣ ㅐㅣ ㄱr...

눅눅ㅎㄴ ki보드 "tik TikTok tok" ㅌㅏ건 소ㄴㅇㅔ 맞추⊙ㅓ

불가해해지도록 〔bul〕ㄱㄴㅎㅐ ㅎH질 때ㄲㄴ가ㅣ 내리ㅣㅈ

ㄱ(ㄹ)ㅓ ㄴㅏ 한 땀 ⓗㄴ 땀 ㅂㄴ린ㅣ는 ㅇㅣ 빗방울(=ㅂ늘)ㅇㅣ

우쉬를 투고rㅎ냐진 않을 7ㅓ ㅇF, ㄴㅐㄴㅐ 내빌 7ㅓ ㅇㅣ=ᵐ

잠든 ㄴㅓ의 **눈꺼풀** 위ㄴㅔ도, 꿈 속 인형들의 **흉터** ㅅㅏㅇㅣ로

쏟ㅇrㅈㅓㄴㅏ온 **솜 움큼** 위●ㅔ도 ㄴHㄴH

꿈 속까ㅈㅣ 우쉬를 추적ㅎㅏ는 멍청ㅎㄴ 『**NPC**』들ㅇㅣ

囤ㅣ 위놓은 **모닥불** 위ⓞㅔ도

ㅇㅣ 백ㅈㅣ의 알칼(ㄹ)ㅣ성 ㅍㅣ부 위ㅇㅔ도 공평ㅎㅏㄱㅔ

ㄴH빌 7ㅓ ㅇF

무ㅅㅏ히 잠 속●ㅔㅅ ㅓ 잠(=숨) 속으로 ㄴHㄴH 울컥울

컥 쏟ㅇ ㅏ 가ㅣㅅㅔ요 (~♡′ㅅ′)~♡=³=₃

ㄴㅏ는 호수ㄴ ㅣ 까ㅏ요

ⓞ ㅕ섯 ㄱHㅈ요


울음으로 ㅗ치ㄱㅓㅣ 되는 ㅈ집으로 ㅅㄹ6하는

ㅓ 백ㅈㅣ의 囤ㅣ 부ㅇㅔㅅㅓ 긁(ㅇ)ㅓ낸 문ㅈ5(=tattoo)ㅇㅔ선

ㄱ)ㅏㅈ₁ㄱr 가ㅏ(ㄹ)ㅏㄴㅗ, 囲ㅓ즘ㅇㅣ ㅍㅣ고, 낙엽ㅇㅣ

지고...

불ㄱㄴⓗㅐ해(z)ㅣ도록 불ㄱrㅎㅐ ㅎH질 때까(z)ㅣ 囤ㅣ ㅈ

지고

우쉬 bait fish들ㄴㅔㄱㅔ도 ㅁㅇ(ㄹ)ㅂㄱㅏ 있ㄴ ㅂr늘을 삼킬

용ㄱㅣㄱ ㅏ 있고

용ㄱㅣ를 ㄴㅐㄴ 잠ㅇㅔ 항복할 수 있ㅗ

꿈◎에(人)서도 ㄷL(人) 절박ㅎ녜 진ㄷㅏ는 게    —
...감人ㅏㅎL죠 ☀ヽ（•‿•）ノ☀
신ㄲㅣㅎrㅈ ☀ヽ（◉ᴗ◉）ノ☀

"ㄴㅓ의 꿈ㅇ에(人)서 ㄷL(人) 깨(ㅇ)ㅓ날 순 없을ㄲr 그런
ㅂ녀일∅ㅣ면 ●ㅂ 될ㄲㅏ"
ㄴH 악몽 속으로 ㅅㅓㄹL진 네 영혼의 엔트로ㅍㅣ로 백ⓩi
위엔 ∅l런 문ㅈ5ㅇㅣ ㄴriㄹlㅈ...
(ㄴ)ㅓ의 숨소ㄹ)ㅣㅇㅔ 붙∅ㅕ둔 ㅇl름을 ㄲㅏ먹을 때ㄲㅏ
ㅈl 쿨톤의 석양∅l 소문으로 ㉯ 질 때ㄲLㅈㅣ 𝟊ㅏㄹㅕ고


　　　　—호수(=lake, not pond, not sea, not 철수)ㄱr

## 신호 대기

눈 내리는 한밤이었고, 싱거운 술자리였다. 철수는 오랜 친구를 오랜만에 만나 따뜻한 사케를 마셨다. 친구의 이야기를 견디다 철수는 깜빡 졸았다. 한참 취한 친구는 철수가 조는 줄도 모르고 한참이나 이야기를 늘어놓았으며

"춥죠? 들어가는 길인데 같은 동네네요." 택시 기사는 이야기를 하고 싶은 눈치였지만, 철수는 어떤 이야기도 더 견디고 싶지 않았고, 이어폰을 꺼내어 귀에 꽂았다. 노이즈 캔슬링. 눈 내리는 도시의 장면들에 마음을 걸어두고 싶지 않았고, 사거리의 정지신호는 끔찍하게 길었으며

강변북로를 지나며 기사의 운전이 점차 거칠어졌다. 철수는 일부러 크게 몸을 움직여 안전벨트를 맸지만, 기사는 개의치 않는 듯했다. 어쨌거나 철수는 생각이라고는 더는 싫었고 이어폰에서 들려오는 모라베츠의 녹턴은 예민하고 철수는 피로했다. 휴대폰을 꺼내 인기 차트에 있는 노래들을 랜덤 재생했고

순식간이었고, 눈 내리는 강변북로였고

전복된 차 안이었고, 무슨 일인지 철수는 내가 되었고, 몸을 움직일 수 없다. 나는 어째서 내가 쓰던 시시한 글 속의 시시한 철수가 되어 있는 거지

푹 꺼진 나의 고개, 터져버린 복부에 고정된 나의 시선. 이런 게 이야기의 끝인가, 이런 게 나의 내장인가, 깜빡이는 눈동자를 깜빡이며 생각한다. 철수는 시시한 이야기들을 어떻게 빠져나간 걸까

이어폰은 여전히 양쪽 귀에 꽂혀 있고,
모르는 노래가 재생되고 있다

이런 끔찍한 멜로디에 갇혀 마지막일 리 없는 마지막이라니. 꿈틀거리는 붉은 내장을 보며 잊고 싶지 않은 장면들을 더듬어본다. 그러나 *OH 눈이 오는 이 겨울이 너무나도 특별해서 OH 눈처럼 맑은 너의 눈과 깨끗한 네 맘이 좋아* 이 세상에 주어진 전부라는 듯 노래는 멈추지 않고

이런 터무니없는 순간에서 벗어나고 싶어
마지막 장면을 고를 동안만이라도 침묵이 내게 주어진다면

노랫말에 먹혀들어가는 기억의 옷자락을 붙잡으며, 한 마디의 멜로디 안에 시작된 적 없는 사랑의 시작과 끝난 적 없는 사랑의 끝을 구겨 넣어야 한다니, 한 꺼풀의 악절 속에 나를 벗고 걸어나간 사람들의 생몰을, 하나의 음표에 내게로 걸어와 사라진 얼굴들을 하나씩 채워넣어야 한다니

믿을 수 없는 가사 속에서
눈과 귀와 코와 입으로
끝없는 시간이 흘러내렸다

종말을 빠져나온 철수는
또다른 종말로 갔을까

이야기에 이어지는 이야기를 견디며
소복소복 졸음을 쌓는 철수가 있었고

끔찍한 첫 문장이 있었으며
최후까지 번복되지 않았고

## 꿈속맘속의꿈속의맘속

얕은 잠과 잠을 부수며
꿈을 고르고 있어

출입문이 망가진 꿈 속
더 아픈 네가 있는 곳
첫 비명의 증인이 되어주러

백 개의 자물쇠로 잠긴 방 안에서
손목을 마저 채울 자물쇠를 만드는 꿈이라면

봄 따라 몸의 끝자리마다 손이 자라나고
손을 자를 손 하나 남겨두고
남은 손목을 잘라내는 꿈이라면

몸 속으로만 눈동자들이 돋아나
나의 내장 말고는 보이지 않는 꿈,
나의 내장 속에서 너의 눈동자가 소화되는 걸
너의 눈동자로 지켜보는 꿈이라면

주둥이가 부러진 모기가 되어
사람의 숨 냄새에 죽음 같은 허기를 느끼며 추락하는 꿈,
꿈 속의 사랑으로 꿈 바깥의 사랑이 망가지는 꿈,
죽음의 직전 순간이 무한히 길어져 순간에게 죽음을 구

걸하는 꿈,
　　이라면

나의 시가 쓸모 있을지도 모르니까
사람이 아니라
시가 되어 갈게

이젠 죽음보다 죽음을 잃을까 무서워
비명을 잃는 것보다 고통을 잃을까 두려워

몇 번이나 함께인 꿈으로 더 울 수 있을까?

질문이기를 멈춘 질문들이
나를 멈추게 해. 그럴 때도
잠은 멈추지 않아서
멈춘 나를 그만두곤 해
깨끗하게 악몽을 삼키고 지워줄게

시가 되면
시를 보낼게
꿈속 맘속의 꿈속의 맘속으로
읽으면 꼭 지워줘

꼭 지워줘 —

# 3부

벽을 닦아 거울을 얻어

# Prelude

나는 천적의 눈을 몸에 새긴 나비, 건반 위로 내려앉는 꿈의 분진, 빛무리에 망설이는 낱알들.

나는 방주에 오르지 못한 귀신들, 줄이 끊어진 통발, 미끄럼틀 속 부풀어오르는 비명, 연가시, 끝을 향해 길어지며

끝이 말라가는 초록 사인펜, 풀이 사라지는 초원의 평화, 멍으로 잠겨가는 낙과들.

나는 기도중에 하면 안 되는 질문들, 허물, 붉은 시선으로 엮인 터널, 몸을 바꿔 지날 수 있나? 그물, 그물에 걸려 알을 쏟아내는 참치, 참치 알, 죽음을 투과하는 언어로 받은 용서, 그러나 나는

신의 왼뺨을 펜 루어, 불 꺼진 조명가게의 밝음. 사라짐이 사라지면 보이는 글자들.

다시 나는 혈관으로 한 방울씩 맑은 기억, 투명으로, 투명과 투명 사이로, 백지 아래 묻힌 문장들, 지렁이 무덤, 영영 마르지 않는 이불. 눈꺼풀 내려앉는 소리. 나비 박물관

## 나란히

소반 위에
갓 씻은 젓가락
한 켤레
나란히 올려두고
기도의 말을 고를 때

저녁의 허기와
저녁의 안식이 나란하고
마주 모은 두 손이 나란하다

나란해서 서로 돕는다

식은 소망을 데우려 눈감을 때
기도가 새어나가지 않도록
반쪽 달이 창을 넘어
입술 나란히 귓바퀴를 대어올 때

영원과 하루가 나란하다

요람에 누워 잠드는 밤과
무덤에 누워 깨어나는 아침

포개어둔다

## 잠들면 다신 자신으로 깨어나지 못하는


아레카야자 말라가는
이파리 끝 조금씩 잘라내며
봄을 앞둔 겨울에서

겨울을 앞둔 봄
끝을 미루며
끝이 깊어진다

세상의 유일함을 믿으며
이 방의 귀신들이 남루해지듯
열대어의 푸른 지느러미 끝
조금씩 해져 갈라진다

나는 몸무게만큼의 물주머니가 되어
이 어항의 물을 다 마셔도
저 화분의 갈증을 벗을 수 없을 것 같다

뿌리로부터 잎줄기 하나를 잘라낸다
이것은 손바닥

손바닥으로부터 잎줄기 하나를 잘라낸다
이것은 만료된 구원

푸른 행성의 푸름 속에
몸을 앞둔 몸
끝의 증거들

살을 긁다보면
이건 내 살이 아닌 것 같다
내 살이 아니어야 할 것 같다

이제 아버지의 이름으로 기도하지 않는다
멸망한 세계에서 태어나 멸망하지 않는다

없는 고통을 위한 몸
없는 몸은 아니다

없는 사람을 위한 말
없는 말은 아니다

중력 없이 내려앉는 빛의 옹알이에
아직 눈 못 뜬 갓난 강아지에게 그랬듯
손끝을 물려본다

어디로도 나갈 수 없는 꿈은 어디에서 오니?
잠든 물고기 동공 속으로 사라진 초침은 어디에서 닳아

— 가니?

　　잠시 나는 스스로의 무게로 무너지는 물주머니가 되어
　　모서리를 잃어가는 관엽식물의 목마름을 알 것 같아
　　홑날개가 타들어가는 열대어의 목마름이 내 것 같아
　　그러나 나의 갈증이 될 수 없음이 나의 오랜 갈증

　　똑같은 일이 일어날 거야
　　바람개비만 보고 달리는 거야
　　눈감으면 지는 거야

　　더 먼 갈증을 기다린다
　　더 먼 기다림을 기다린다
　　폐기된 세상에 태어나 폐기되지 않는다

　　피가 물이 되어 기억을 삼키고
　　기억은 몸이 되어 물을 만나는
　　오랜 가난이
　　방을 떠나지 않도록 보살핀다

# 망명

그 방을 떠나던 날엔
신발을 신고 들어섰다
흰 우유를 싱크대에 부어내는 낭창한
순간

상한 우유 건더기 흐무러지는
시간의 살점들

옮기면 안 되는 것까지
옮기게 될까봐 나를
금지하는 문턱 앞에서
좁은 방의 좁은 입으로서 서 있었지

몸에 꼭 맞는 방
영혼에 꼭 맞는 몸
없는 집에서 없는
집으로
방 이후의 방에서 방
직전의 방으로

"이 방은 어둠"이라고 쓰고 들여다보면
이미 어둠으로 환해진 방이었다
"어둠은 이 방으로"라거나 "어둠에서 이 방으로"라고 써

— 도

속수무책으로 어두운 방에서 어둠인 문장들은 우두커니
로 밝았지

다르게 살 수 있을 것 같아서
바라는 게 많았다
작고 깊은 이 방을 위해
무서운 이야기를 참 많이 지었다
밤 대신 아침을 새우며 기대면 이 방의
창문은 허공보다 투명한 거짓을 허공뿐인
허공에 보여주었지
"이 방의 어둠을 해치지 않고 창밖의 새들은 어떻게 노래
를 부르는가?"
새에 대해 생각하며 새에 대해 취약해지던
이야기를 허물기 전엔 나갈 수 없는 방이었다

꿈에서 지은 방에서
꿈으로 지은 방으로
이 방은 이 방의 전부가 아니고
그 노래는 그 노래의 전부가 아니어서
방을 본다
방 보는 사람을 보고 있어

—

그럼 주인처럼 이
방의 창문이 내 눈
을
드나든다?
키 작은 사람을 위한 얕은 방
순간을 느끼게 된 순간을 위한 순간의 방

신발을 신고는 들어갈 수 없는

## 정오의 비틀림과 오후의 뒤틀림, 자정의 흐느낌과 새벽의 헐떡임

어제저녁엔 걸음이 남아서
내게 집이 없었다

문 앞에서
어쩐지 그림자가 헐거워
몇 번 더 돌아서다가

처음 마주치는 사람의 얼굴로
남은 하루를 지내보려 했다

골목 모퉁이 볼록거울에서 마주친 사람은
모르는 사람이었다 지나치는 동안
표정은 하나였고

하루를 마저 지나기엔 표정이 모자라서
지나치는 장면을 몇 번 더 떠올리며 걸었다
그러고도 시간이 남아서
장면 속 나의 표정이 궁금해졌다

그의 표정을 살피며 나는
간절한 표정을 짓고 있었을까
몇 번 더 떠올려보니
지나치는 나의 두 눈은 우악스러웠다

작아져라 나는
작아져 작아졌으면 하는 바람으로
마저 걸었다
시간이 모자라기 시작했고
걸음이 빨라졌고
밤에 몸이 잠기고
그림자를 벗지 못했다

*

아침엔
집에 몸을 들이밀어보았다

한 계절을
책상 위에서 지난 모과나
책상다리에 끼어 지난 크리스마스 엽서
책상 위에 어항을 들인다면
죽은 물고기를 건질 일이 생기겠지 내겐
하루가 필요하다 하루로부터 유예된

책상 앞은
자리가 아닌 것 같아

행주를 삶으면
행주가 방안에 살아난다

창을 열 때마다
창틀에서 더 잘게 부서지는
날벌레들의 몸과 몸과 몸

영화를 틀어놓고 잠을 기다렸다
영화에는 이야기가 있고

이야기가 사라지는 곳으로
걸어가야 하는데
이야기가 사라지는 자리에서
이불에 싸여 이불에 스민다

*

이야기가 시간을 모으며, 시간이 그림자를 모으며, 그림
자가 밤을 모으며, 밤이 악몽을, 악몽이 기도를 모으며, 기
도가 고요를 모으며, 고요가 슬픔을, 슬픔이 얼굴을 모으
며……

꿈에선
꿈 바깥에 사는 사람의 얼굴을 받겠지
아냐고 물으면 모른다고 말해야겠지
모릅니다 나는
모른다고 몰라요

이야기를 지나쳐온 사람으로서
꿈틀대는 두 눈을
꿈의 가파른 갱도 속으로 던져 넣은 사람으로서

어두운 방, 두 무릎을 가슴에 대고 훌쩍임이 잦아들길 기
다린다. 고요가 기도에 스미듯, 악몽이 스민 밤에 기도가 스
미며, 시간에 그림자가 스미듯……

얼굴은 슬픔의 태막;
슬픔이 태어날 때마다
얼굴이 찢어져서
뒤집어쓸 얼굴이
필요해 더 많이

밤하늘의 검은 동공은
겹겹이 쌓인 시간의 그림자
그림자는 다시

—　　밤의 얇은 살갗

　　　녹아내리는 손으로
　　　빈칸이 된 얼굴을 휘젓다 깨어나

　　　벼르고 벼르던
　　　낡은 수건 한 장을 버렸다

　—

# 워킹 홀리데이

빈 교실에서
문법 수업을 한다

안긴 문장의
안겨 있음에 대해
생략된 주어와
생략된 만약에 대해

가본 적 없는 나라의 말을 가르치다가
입에서 나오는 말들을
믿을 수 없게 될 때
믿을 수 없음이
믿을 수 없이 두려워질 때면
뒤돌아 빈 칠판을 지운다

칠판을 지우다가
등뒤의 빈 교실이 두려워지면
눈앞에 쓴다

지움과 지우다와
지우는 지우개에 대해
빈 교실의 비어 있음에 대해
가본 적 없는 나라의 말로

말할 수 없음에 대해

*


빈 교실로부터 깨어나
영어학원으로 출근한다

아이들은 내가 시를 쓰는지
모른다
나는 거의 말을
모른다

아이들이 꿈 속에 팔을 넣고
양손을 씻을 때
나는 말을 더듬게 된다

원어민 쌤을 만나면
아이들은 말을 더듬는다
원어민 쌤은 한국에 와서
표정과 몸짓이 많아졌다

원어민 쌤 이름은 미첼인데
미첼이 한국에 온 뒤

뉴질랜드에 있는 가족들은
강아지를 한 마리 들였다

강아지 이름을 내게 말해주었는데
나는 이름을 까먹었다

"때문에 나의 강아지는 없어 본 적 나를,
그는 짖을 거야 보고 나를"
미첼이 말했을 때

그것 참 웃기네요
"That's so funny"
말하고 나서
웃었다

## 귀신은 귀신같이 나를 찾고 나는 나처럼

도망쳤다

꿈의 결말에서
등에 맞은 탄환의 회전이
꿈 바깥의 몸에서 멎길 기다린다

나는 이제 나의 몸 속에 있고

출근 전까지
네 시간 잘 수 있다

얕은 꿈가
얇게 언 강을 네발로 조심스레 건너다
탕!
초침의 딸꾹질에 놀라 깨어나

맥박,
귓속에 갇힌 미치광이들이
문 두드리는 소리

초침,
성벽을 오르는 병졸들이 발 디딘
동료의 어깨

초침,
물개를 쫓는 범고래의 자맥질

초침,
끈끈이에 걸린 시궁쥐의 뒤척임

맥박,
적막에서 태어나
적막으로 사라지는 중얼임들

세 시간 잘 수 있다

문을 열고 나섰는데
센서 등이 켜지지 않아서

한 손엔 라이터를
한 손엔 열쇠를 쥔 채
나를 발견하지 못하는 문 앞을 서성이며
간절해졌다

언젠가 숲길을 걷다
나를 보고 도망치는 들쥐를 보고

나도 같이 도망치고 싶은 적이 있었지

도망쳐서 여기고
여기는 아무도 없어서

아래로 향하는 계단이든
위로 향하는 계단이든

한 시간,
윤회하는 식물들의 자전주기

한 시간,
빈 제단을 맴도는 천사들의 공전주기

초침,
귓가에 퍼덕이는 비둘기 날갯짓
(나는 깨어난다).

초침,
울음을 참는 아이의 눈 깜빡임
(나는 깨어난다)

초침,

난간 아래를 내려다보는 아이의
등을 미는 손
(아이는 깨어나지 못한다)

초침,
익사체에 다급히 불어넣은
살아 있는 이의 호흡

나는
식은 몸의 바깥으로 천천히
새어나가는 중

두 시간 잘 수 있다

## 둘레

책갈피를 꽂아두고
책을 잊는다

선인장 화분 둘레에 돋아난 싹을
모른 척 그냥 두었다

밤새 문 앞에 쌓인 눈을 보며
어떻게 지날까 고민하다
간밤 눈 쌓이는 소리를
한꺼번에 들었다

다시 눈을 감고
이제 무얼 할까

입 벌린 쥐덫의 침묵
수조 속 먹장어의 침묵

어쩌다 고요에 닿게 된다면
그땐 무얼 할까

눈 오는 밤을 취소할까
나의 바깥에서 쉴까
쉬다가

벌어지지 않은 모든 사건을
용서할까

갈피를 삼킨 책의 고요
얼굴을 맞댄 칫솔의 고요

## 안수

아침이 숲을 칠하는 동안
잠든 사람을 재우기 위해 할일이 많았다

잠든 사람을 보다가
눈길을 잃고 쓴다

이 방에 살아 있는 건 죽음뿐
사라지는 자리가
사라질 때까지 쓴다

아무도 모르는 기도 속에서
홀로 깊어가듯
간이침대에 누워
병동 사람들의 숨소리를 들으며

간이침대에 누워
아무도 모르는 기도 속에서
병동 사람들의 숨소리를 들으며
홀로 깊어가듯

병동 사람들의 숨소리를 들으며
간이침대에 누워
홀로 깊어가듯

아무도 모르는 기도 속에서

죽음 덕분에
죽음이 무섭지 않았다

문을 열었다
문을 열었다는 사실로 몇 걸음 더 걸어나간다
문을 연 사람이 되어 문을 돌아본다

문은 다시 멀지만
문이 멀다는 생각은 하지 않기로 한다
여기까지 쓴다

## 산티탐 프렌드


"언젠가 나는 갈 거야 한국에 눈을 보러"
셔터 내린 펍 안에서
진눈 맞는 나목의 표정으로 그애는 말했지

눈 이야기를 들려준다면 멋졌겠지만
떠오르는 이야기가 없어
눈 내리는 오늘 그애 생각이 나

눈은 겨울을 떠날 수 없고
눈을 보러 가겠다는 게
나를 보러 오겠다는 이야기는 아니고
겨울을 떠나는 건 눈 이야기뿐

내려앉는 녹아내리는 이야기
미끄러지는 이야기 사라지는
기척 없이 하늘에서 온 포근하고 시린 이야기

눈은 눈 이야기를 떠날 수 없고
이야기를 떠나오는 건
녹아내리며 뚜렷해지는 눈사람의 표정
흰 눈의 틈을 덮는 흰 눈의 잔향

창 비어(Chang beer)의 창은 코끼리

야시장엔 온통 코끼리 그림뿐
태국에서 진짜 코끼리를 본 적은 없지
코끼리를 보러 떠나온 길도 아녔어

어느새 겨울은 눈동자를 여미고
내게도 어설픈 일인분의 이야기가 쌓이지

눈 발자국 위를 포개어 걸으면
그 위를 걸었던 사람의 마음을 알 것 같다고

하지만 아이 발자국은 밟지 못하고
옆에서 짐작해보면
내 발자국이 코끼리 발자국 같았다고

슬픔으로 맑은 사람
그애가 여름에 온다면 더 멋질 거라고

## 벽을 닦아 거울을 얻어

침묵에 대한 두려움으로 침묵이던 밤
짧은 기도를 마치고
여음으로 겨울 방을 데운다

나의 기도가 이어지게 하소서
나의 기도가 끊기게 하소서
이루소서, 이루지 마소서, 이룰 수 없게 하소서.

사람에 대해 생각하는 이 밤이 사치스럽고
벽에서 귀가 돋아나길 기다리다 이제
벽의 귀가 되어야 한다는 걸 알겠다

벽에 몸을 누이고
벽에 핏줄을 내리고
내장을 담아야 한다는 걸 알겠다

벽을 사랑하지 않고는 견딜 수 없는 좁은 방이라서?
벽 없이는 허물어질 유체의 영혼이라서?

창밖의 가로등이 일제히 꺼지는 순간
턱밑까지 차오른 아침 속에서
감은 눈을 마저 감는다
벽의 귀가 되면

내게 입이 남아 있을까?                                          —

벽을 닦아 거울을 얻어
벽에게 들은 말을
벽에게 전한다

## 중보

오늘에서 앓는 기도는
눈앞의 길을 아물게 하고

궁창으로 잠겨가는 예배당에
어떤 신의 촛대가 초 대신 녹아내려
매일 밤 나를 나로 지우는지

같은 하늘 점점 붉어지고
구름 깊어. 깊은지

오늘 나의 기도는
감은 당신의 눈꺼풀 아물게 하고

눈꺼풀; 어둠으로 꼼꼼히 칠한 창문들
표정 잊은 표정의 어둠

기도 속에 몸을 숨긴 귀신들과
구원으로 사라진 선지자와
진실을 견디는 미치광이에게
감은 눈을 깜빡여 초점을 맞춰본다

내가 꿈의 숙주라면
시간의 입장에서라면

철새들은 한 번도 계절을 떠난 적 없고
백야와 극야 사이를 오가는
천사들의 날개 끝을 조금씩 훔쳐내는 바람과
그러나

왜 지금 찬란인지 알 수 없는 빛
오늘 날개를 다한 나비에 비춰 꿈을 밝히고

빛 속에 시선을 던져두고
물고기를 기다린다
그러나

구원은 빛 없는 밝음
뜻 없는 기도가 빛에 젖으면
초점을 내어두고
갈 수 없는 곳으로 간다

천한 자들의 천한 신에게로
죽은 자들의 죽은 신에게로

없는 자들의 없는 소리
시가 사라지면 보이는 시

## 영원과 하루

　그는 말을 헤맸다

　그에겐 겨자씨만한 고통으로부터 시작된 콩알만한 의심
이 있었다고 한다. 암실 속에서 뿌리를 박고 자라나는 콩나
물들이 있었다고

　콩나물이 뿌리를 박은 궁지, 어둠보다 단단한 어둠. 콩나
물이 갈증으로 더듬어 감각하는 반석이 있었다고 한다. 그
곳에 엎드려 그는

　어둠과, 어둠의 어둠을 구분해내야……
　했다고
　말을 헤맸다

　신의 아침상에 오를 콩나물 머리를 따기 위해

　콩나물 줄기와 콩나물 머리를
　어둠과 어둠의 티눈을
　백치가 되어 백치인 양
　골라내던 그가

　영원의 턱밑까지 참아온 수도를 멈추고
　어둠의 가장 먼 곳을 향해 두 눈을 부릅뜨고

앙상해진 두 손을
햇고사리처럼 오므리며
바닥에 쌓인 콩나물들을 마구 밟다
넘어져
어둠 속의 고라니 같은 절규를
내지르고
다시
소용없는 영원
즈음이 지났을 때

나는 그에게 들려온 첫번째 메아리라고 한다

나는
좁쌀만한 의심을 잊으려 시작된 침묵 속에서
머리를 든 콩나물 머리 하나
어둠의 울혈에 뿌리를 박고
빼곡히 불어나는 콩나물 머리들

당신의 어둠 속에서 나를 지켜달라고
그의 귀에 대고 기도를 전하면
이곳에서 당신의 음성 말고는 지킬 것이 없다고
그를 통해 응답이 왔다

기도가 묵음으로 수렴하는 궁지에서
가장 눈 밝은 그 천사가 나를 지켰다

## 영원 금지 소년 금지 천사 금지

눈 쌓인 벤치에 버드나무
겨울 그늘이 내린다

벤치에 내려앉아 나는
펼쳐진 그림자 그물 속으로
시간을 풀어둔다

웅얼이며 어른거리는
가루눈 그림자들을
시간의 노이즈로 이해해보지만
나는 시간을 잘 모르고
하늘에서 얼굴로 다가오는
눈송이를 바라볼 때면
어디론가 날고 있는 기분이 든다

눈 맞지 않은 벤치들은
어김없이 새똥을 맞았다
그건 겨울새들이
눈을 피해 잠들기 때문인 걸까
잠 속에선 새가 되곤 하지만
새의 잠을 알 순 없고

모래톱 위엔 엉켜 언 발자국들

가장 선명한 발자국이
날아가기 전
마지막 구름발일지 모른다고
적고 보면
새 발자국 같은 활자들
주인 없는 발자국에 발을 대고
몸을 눌러본다

지난 여름밤 산책에서
밟을 뻔했던 쇠살모사는
무사히 겨울잠에 있을까
한 발짝 늦게 멈췄다면 물렸을까
발목에서 새어나와 방울로 떨어지는
시간이 멈춰 고이는 곳
얼어붙은 여울의
얼어붙은 물결을 살펴본다

여러 가로등 사이를 걸을 때면
여러 그림자를 갖게 되어
시간을 아주 많이 번 기분이 든다
그림자들은 나를 각인한 오리들 같다

모래톱을 움켜쥐고

누운 채로 얼어붙은 수초들
아주 많은 주검 같아서
앞에 선 나는
전투가 끝난 도시의 시계탑 같다
시간을 흘리며 정확해진다
죽음이 내 것 같다

물끄러미
죽음이 나를 견디다 간다

기척이 사라지면
나의 각인은 죽음이었다
라고
허공에 찍힌 날개 자국
받아 적는다

하얀 핏금들

## 접속
### ─함께

빈 어항을 마저 비웠다
빈 어항은 빈 채로
방안에서 몇 계절의 질문을
담고 비워주었지

어항에 남은 모래를
화분에 부으면

몇 세대의 물고기들이
수천 개의 생물이 한 번에
쏟아져 내리고

모래를 쏟으며
쏟아지는 모래를
바라보다

너무 열심히 보았는지 며칠 후
열대어가 쏟아져 내리는 꿈의 한가운데에
서 있게 되었지

"이 몸을 지나 함께해
우리의 최후가 우리일 리 없으니"
혼잣말하면

옆에 네가 나타나는 폭우 속이었다

이 마음은
꺼내 볼 때마다 다른 것이 되니까
마지막에 딱 한 번만 꺼내어 마주보기로 했지

그래서 네가 나타나면
유일한 마음과 함께 끝나는
꿈의 마지막이었다

## 정오의 기도

멀리서 들려오는 당신의 숨소리로 나는 언어를 회복한다. 언어로 나는 공간을 인식한다. 공간을 헤매던 시선의 끝엔 항상 당신이 있다. 빛이 당신의 더듬이인 것처럼.

잠든 당신의 등을 바라보며 시간의 마디를 잇는다 나는, 가까스로, 당신의 등뒤에 나란히 누워본다. 벽 위에 문을 그려보는 아이의 마음으로, 당신에게 말을 시도해본다. 마음의 기억을 기다린다.

신, 생각의 끝엔 항상 당신이 있다. 반대편에 있을 당신의 얼굴을 벽의 표정으로 느껴본다. 천사가 된 걸 후회하진 않는다. 당신은 당신의 첫 세상으로부터 유기되었으므로, 배반당한

당신의 침묵이 영원을 가두어 지키기에, 나는 영원의 문 앞에 누워 영원을 향해 고해할 수 있다. 그러나 막 잠에서 깬 당신의 얼굴을 알고 싶어 당신의 등 위에 나의 끝을 대어본다. 당신과 나 사이엔 무엇도 없다고 믿는다. 그러나 등 돌려 잠든 당신, 빛으로 세계를 더듬어 나를 찾고 있나. 세계의 반대편으로 모든 빛이 쏟아져 내린다면 이곳엔 영원한 밤이 오겠지. 어둠과 독대하며 팽창하는 당신의 등을 빌려 기도한다. 나는 당신의 숨소리를 들으며 당신의 등을 지킨다. 이곳이 빛에 가닿기를. 영원한 시선으로 영원을 소거

하기를. 이곳에서 눈뜨기 전 마지막으로 마주했던 눈동자로서, 마지막 눈동자를 감겨줄 손그림자로서

## 풍경사진인 줄 알았다

이 숲의 깊은 곳엔 잠든 사람이 있고. 숲으로 깊은 잠, 밤이 길인 줄 알고 따라갔지. 나는. 숲으로. 밤을 맴돌아 한 밤을 주러, 숲을 맴돌아 한 다발 숲을 건네주러. 한 꺼풀씩

눈을 감으면, 점차 무뎌지는 숲의 윤곽. 잠든 밤 속의 잠든 꿈 속, 잠든 숲으로 간다. 나는. 숲속엔 잠에 잊혀진 잠이 있고. 그림자를 껴안고 잠든 사람에게 그늘을 덮어주러. 한 걸음을 두 걸음으로 나누며. 두 걸음을 네 걸음으로 나누어 숲에 포개진 어둠으로. 기척 없는 숲에 기척 없이

숲의 밤을 새우는 데 영영. 한 밤을 지우는 데 영원인. 숲으로, 나, 말없이 말 버리고 밤밤 지나, 숲을 살피는 눈길이 기도가 될 때까지, 비좁은 어둠에 이름 붙이고, 이름을 지우며

요람처럼 어두운. 바닥을 더듬어 어둠을 열며. 구겨진 갈래길을 펼쳐내며, 모든 숲에 눈 맞춘 모든 초점을 손으로 더듬어 지우며, 숲의 바깥은 백 년 만의 폭염, 백 년 만의 눈보라, 백 년 만의 사랑, 백 년 동안의 극야, 숲, 세계의 통점, 세계의 가난, 세계의 반복. 나, 숲은 입을 벌린 채 말이 없다. 숲의 바깥은 숲이 없어 가난한 세계. 사람, 먼 소리는 먼 곳에서 오고

죽은 나무들이 자라나는 숲의
곁이 되어간다, 나는, 숲속에, 죽은
나무들은 숲을 찾고 있다

—

## 회복


이제,
거듭 빈 어항이
빈 방을 채운다

빈 어항 앞에 앉아보면
빈 어항에 빈 방을 채우게 된다 이제
빈 어항으로 백지를 채울 수 있다
그럴 수 없다면 더 좋았겠다

나는,
거듭 빈 _ _ _

_ _ _ _  _ _ _

# Postlude

147

## 순진한 의인화
### ―소돔의 천사들

마지막 동물원을 상상해주겠니. 마지막 동물원의 마지막
동물들을 그려주겠니. 마지막으로 동물원을 떠난 마지막 사
육사의 작별 말을 알려주겠니. 밤새 천적들의 울음소리를
들어야 했던 초식동물들의 마지막 잠자리를, 마지막 손님이
되어 지켜주겠니. 물위에 둥둥 떠 생각에 잠긴 물개들에게,
두 발로 서서 비행기를 경계하는 미어캣들에게, 이곳이 마
지막이라고 알려주겠니, 다른 세상이 있다고, 그러나 그곳
에도 마지막은 있다고, 마지막이 무엇인지 알려주겠니. (앵
무새 앞에선 사람의 말을 하지 말아야 해) 우리 속에서 태
어나 우리 속에서 굶어가던 맹수들에게, 네 살을 떼어주겠
니. 해가 들지 않는 수족관, 매너티의 퉁퉁한 배꼽을 간질여
주겠니, 알 속의 거북들이 다 깨어날 때까지 기다려주겠니,
바다에 갈 수 있도록 돌고래에게 날개를 달아주겠니. 낙타
들에게 용기를, 북극곰들에겐... 북극곰들에겐... 행성을 다
시 꽁꽁 얼려주겠니, 떠날 수 없게 된 동물들과 함께 늙어가
주겠니. 묻어주겠니.

누구에게도 발각되지 않도록, 마지막 동물원을 네 손으
로 허물어주겠니, 떠나주겠니, 돌아보지 않을 수 있겠니.
다시는 떠올리지 않고, 안부도 묻지 않고, 거짓말로만 기
도해주겠니

해설

## 낮은 밤의 꿈

김준현(시인, 문학평론가)

　　　　　　그 순간 사무엘 코헨은 그의 죽음 속에서 깨어났다.
　　　　　　동시에 마수디 앞에 놓여 있던 길이 사라졌다.
　　　　　　지평선 위로 장막이 내려졌기 때문이다.
　　　　장막 위에는 야복 강에서 떠온 물로 다음과 같이 적혀 있었다.
　　　　　　〈당신의 꿈은 밤 속의 낮이므로〉
　　　　　　　　　　　　　　　　　　　—밀로라드 파비치[1]


　세계는 기본적으로 파편으로 이루어져 있다. 우리는 누구
나 의도치 않게 그 파편을 잇는 작업, "무색무취 수신자 없
는 기도를/ 잇"(「희망의 내용 없음」)는 작업을 한다. 잘 살
아가기 위해서 사랑하는 사람의 손에 무게 없이 손을 얹는
일, 죽은 이의 자리에 꽃과 초를 두고 사랑의 문장을 적는
일, 설날 귀성길에 "거제에서 서울까지/ 까치집을"(「무사히
놀이」) 세는 일, "해변의 네 살배기들과 조개를 모"(「고사
리 장마」)으는 일, 나직하고 마음 깊은 평론(「자연의 고아,
시간의 낙과, 우주의 난민」)[2]으로 허수경 시에 대한 애정을
뜨겁지 않게 드러내는 일, 노년의 배우자와 나란히 벤치에
앉아 겨울 햇살 속에서 해바라기하는 일.
　그러니까 이 파편은 시제를 초월해 존재하며, 거기에 영

---

1) 밀로라드 파비치, 『하자르 사전』, 신현철 옮김, 열린책들, 2011,
323쪽.
2) 육호수, 「자연의 고아, 시간의 낙과, 우주의 난민」, 2022년 세계
일보 신춘문예 평론 부문 당선작.

속성을 부여하고자 하는 인간의 노력에 의해 힘겹게 연결
된다. 살아 있는 자신의 시간을 죽은 이의 시간에 투사하는
고고학자와 같이, 육호수 시인은 흙먼지에 가까운 의미를
털어서 무의식의 형체를 밝히는 작업—발굴의 시간을 보낸
다. 그러나 그렇게 발굴해낸 파편은 대개 온전치 못한 경우
가 많고, 그러므로 완전한 원형의 복원을 위해 인위를 가하
기 마련이다. 그러나 육호수 시가 빛을 발하는 지점은 그의
시가 인위와 무관하다는 데 있다. 부서진 상태를 있는 그대
로 보여주기. 이를테면 이 시집에서 그 외형으로 인해 가장
눈에 띄는 시 「ㄴ ñ 악몽 속으로 ㅅㅏㄹΓ진 Ⓛㅓ의 영혼의
ёntrØpℏy로 Łㅔ겐 Øl런 문ㅈБ○l ㄴ ñ 리ㅈ…」가 부
서진 알파벳과 여러 기호들로 한글의 형태를 겨우 유지하고
있는 것은, 애초에 유지가 불가능한 의미를 온몸으로 떠받
치고 있는 한글의 근력을 표상하기 위함으로 보인다. 이는
시 안에 타자를 능동적으로 초대하는 방식에 가깝다. 의미가
육화된 모국어의 타자성, 혹은 무력함을 밝히기 위해 동원된
타자들(알파벳, 키릴문자, 기호, 숫자 등)은 오로지 한글과
'닮았다'는 이유로 모여 있다. 엔트로피는 '물질이 열역학적
변화를 일으킬 때 변화된 온도를 열량으로 나눈 값으로서,
쓸 수 없게 된 에너지'다. '너'의 잠을 훼손하지 않고 '이런
시'를 쓰고 있는 화자는 스스로를 "ㄴㅏ는 호수Lㅣ 까ㅛ/
○ㅕ섯 ㄱH굣요"라고 말한다. 쓸 수 없게 된 에너지-파편의
이합집산이 있는 그대로 들여다보이는 이 시는 뼈와 근육

조직, 안구의 뒷면, 혈관 들로 구성된 시적 신체에 가깝다.

의식의 공동체는 수없이 많은 파편으로 구성된다. 아니, 구성되어 있다. 이들의 연결 관계는 짧은 하이픈(-)처럼 밀접할 수도, 보다 긴 줄표(—)처럼 느슨할 수도, 혹은 동어 반복일 수도 있다. 위로와 공감, 유대와 연대 혹은 사려 깊음에 기반한 공동체가 있는 반면 끝말잇기처럼 운명과 우연을 분별할 수 없는, 이른바 물성으로 연결된 공동체도 있을 수 있으니까.

언어의 육체성은 그러므로 납작한 잉크로 표상되는 여기의 현실보다는 저기—죽음, 꿈, 무의식, 극락, 천국, 하데스가 통치하는 저 너머, "우리가 우리에게/ 발각되지 않는 곳" "밤이 기어이 밤을 어기는 곳"(「희망의 내용 없음」), 혹은 우주와 같이 우리가 지각할 수 없기에 온갖 방식으로 명명해놓은 '저편'에서만 획득 가능한 성질일지도 모른다. 이를테면 육호수 시에서 "어항"(「부레」「추억은 배낭에 쓰레기는 가슴에」「회복」)이란 말은 역설의 총합으로 구현된다. "시간도 공간도 없이"(「부레」)라는 구절이 소박한 근거가 되어줄 것이란 믿음으로 논의를 밀고 나가보자. 중의적인 의미를 지닌 '어(魚/語)항'을 보며 화자가 물고기의 입 움직임을 발화 행위가 아닌 침묵—소리 없음—의 상태라고 여기는 것과 "뜬눈으로 잠"드는 것이 열대어의 역설적인 숙명이라고 하는 것은 인간의 입장에서 보는 세계다. 시인은 타자로 하여금 오로지 관조만을 허락하는 그 경계를, "영희의 빈 방들이 어항처럼 투명하게 보이기 시작"(「추억은 배낭에 쓰레기는 가슴에」)하는 그 경계를 탐색한다. 탐색에 그친다면 그것은 '-ㅁ'이라는 명사형 전성어미(「희망의 내용 없음」)의 문장으로 이루어진 연구나 기록이 되어버리겠지만, 육호수 시인의 글은 무릅쓴다. 스스로 시라는 사실을, 그 정체성을. 그 과정에서 어항은 다시 산산조각난다. 파편이 된다. 조각을 다시 맞추지 못하게 된다 해도, 역설 같은 거, 역설의 역설 같은 거야 마음을 전할 수 있다면 얼마든지 긍정할 수 있는 '지금' '여기'의 시에서는 상관없다.

*

육호수의 시에 관해 더 자세히 이야기하기 위해 최근에 인상 깊게 읽은 "나는 망가진 책의 기억을 관찰하고, 파손된 책의 형태와 의미를 수집한다"[3]는 책 수선 관련 말과 함께 앤 카슨의 『녹스』[4]를 경유하고자 한다. 견고한 묘비의 외형을 가진 『녹스』는 죽은 오빠를 애도하기 위해 만든 책으로, 이 책을 펴면 파편화된 내면의 페이지가 불안정한 방식으로 접합되어 있다. 쓰는 사람의 감정을 닮게 마련인 손글씨, 떨림, 찢어진 사전의 한 페이지, 불길한 밑줄, 망설임, 땟자국,

---

3) 재영 책수선, 『어느 책 수선가의 기록』, 위즈덤하우스, 2021, 5쪽.
4) 앤 카슨, 『녹스』, 윤경희 옮김, 봄날의책, 2022.

바램, 종이에 깊이 새겨진 주름 들은 단순히 애도의 작업이라고 하기에는 물성의 감각이 먼저 다가오는 이 책의 기억을 구성한다. 한 권의 시집으로 들어서기 위한 좀 긴 통과의례를 거치고 나서야, 나는 이 긴 몽유의 잔여—육호수 시인의 시로 회귀한다. 이 시집의 화자를 대신해 말할 자격이 있다면, '나는 망가진 꿈의 기억을 관찰하고, 파손된 꿈의 형태와 의미를 수집한다'고, 앞선 문장을 바꿔 얘기할 것이다. 그럼으로써 나는 읽기의 리듬을 활주로 삼아 지면의 중력에 저항하는 시인의 시에 가까워진다.

　　우리가 우리에게
　　발각되지 않는 곳으로 가자

　　더 많은 공기를 정화할
　　더 많은 허파가 필요한
　　오래된 세계에서

　　더 많은 빙하를 녹일 더 많은 체온이
　　더 많은 어둠을 흡착할 더 많은 악몽이
　　더 많은 멸종을 지켜봐줄 더 많은 마음이 필요한
　　오래된 세계에서

　　사람인 채로 더이상

망가지고 싶지 않아

적막 속에 찾아오는 수치심은 아름다웠음
몸을 떠난 살은 몸보다 먼저 썩었음
희망의 내용 없음
—「희망의 내용 없음」 부분

　1부의 시작에 앞서 먼저 등장하는 것은 프렐류드(pre-
lude), 이른바 곡의 도입부 역할을 하는 악곡의 개념을 빌린
활주로다. 이 서시를 육호수 시집을 열고 들어가는 문(門/問)
이라고 봐도 좋겠다. 시 속에서 "오래된 세계"를 부정하는
과정과 "우리"를 벗어난 "우리"를 꿈꾸는 과정을 통해 맞
이하는 "희망"이라는 말은, 오랜 시간 어둠과 한몸이 되었
던 매미가 벗어놓고 간 허물처럼 텅 빈 것—다른 존재로 거
듭난 육신이 빠져나와야 할 무엇—으로 읽힌다. 우리가 지
금껏 인간적인 것이라 믿고 자부한, 모두가 바라온 "희망"
은 "사람인 채로 더이상/ 망가지고 싶지 않"은 나의 바람
을, 나의 몸을 감싸고 있다. 이 세계는 그리하여 화자의 외
부에 위치해 있다기보다는 "더 많은 공기를 정화"하기 위해
"더 많은 허파가 필요한" 육체 그 자체 안에 있는지도 모르
겠다. 마치 '나'인 것처럼 보이는 그 얇은 막을 천천히 벗겨
나가는 과정은 그래서 동적인 서술어가 아니라 명사에 가까
운 상태, 얼핏 봐서는 수동태에 가까운 정적인 상태처럼 보

인다. 명사형 어미 '-ㅁ'이 붙어 있음에도 내 정신이 가장 활발하게 운동하는 세계, "기다리는 이 없는 기다란/ 기다림", 시차를 잴 수 없는 세계. '꿈'으로 들어갈 준비가 다 되었다. 그러나 보다 원활한 입몽을 위해서는 먼저 어떤 조건이 형성되어야 한다.

'면벽중에 벽을 잃었을 뿐'이라고
손톱을 세워 벽 위에 썼다

어느 궁전 아래 밀봉된 지하 감옥처럼
방안엔 빛의 소문만이 떠다녔다

누군가 방의 입구에 불을 지른다면
어디로도 나갈 수 없다는 생각만으로
여러 번 화염에 휩싸인 채 깨어나야 했다

너른 꿈의 좁은 입구에서 여러 번 내쳐졌다
이 방에서 죽어 이 방의 거름이 된 귀신들이
피사체 위로 떨어져내리는 사진가의 그림자처럼
늘 곁에 있었다

쏟아지는 빛에 놀라 깨어났으나
여러 겹의 어둠 속이었다

그 빛이 어디에서 왔을지 알 수 없어
다시 벽을 잃었구나, 생각했다

어떤 꿈에선 사랑이 많은 사람과 만났다
그와 살아서 가고 싶은 곳보다
죽어서 가고 싶은 곳이 더 많았다
우물 앞에 엎드려 거꾸로 숫자를 세는 동안
물위에 비친 우리는 묵묵히 우리를 견디어주었다

어떤 꿈에선 걸음이 남아
꿈의 둘레를 벗어나지 못했다
이곳에 오기 전에 어떤 방향으로 누웠는지
누구의 곁에서 잠에 들었는지
기억나지 않았다
먼 곳에 꼬리를 물린 바람에게 물어도
깊은 어둠을 헤집는 나무에게 물어도 알지 못했다

당연한 마음들이 유일한 마음이 될 때까지
그곳을 나오지 못했다

이빨이 몽땅 빠지는 꿈을 꾸고 난 다음에는
이빨이 아주 많아 좋았다
아직 백 년도 살지 못해

실망스럽기도 했다

—「다나에」 전문

어린이부 예배가 끝나고
교회 마당에서 숨바꼭질을 할 때도
그곳에 들어가 몸을 말고 숨어 있으면
아무도 나를 찾지 못했다

어떤 날엔 그러다 잠들어
깨어보니

주일예배 한가운데
숨어 있었다

찬송 소리가
모두 내게 오는 것 같은
어둠 속이었다

—「고향, 잠」 부분

　신화에서 왕이 자신의 딸인 다나에를 "지하 감옥"에 가둔
것은 인간적 갈등이나 실재하는 사건 때문이 아니라 아직 현
실이 되지 않은 신탁, 딸이 낳게 될 아이에 의해 자신이 살
해된다는 이야기를 들은 공포에서 연유한다. 인간이 의도할

수 없는 영역인 신탁, 곧 예언은 이를 들은 인간이 취할 행동까지도 모두 파악해 만들어진 것이라는 점에서 꿈을 닮았다. 왕은 "미래를 미래로 미뤄두려"(「망보는 아이들의 눈을 피해, 미래를 미래로 미뤄두려다」)고 하지만 예언이 지닌 자기실현적 속성은 끝내 다나에로 하여금 제우스와 접촉해 페르세우스를 낳게 만든다. "차곡차곡 미뤄둔 시간들이 미래를 향해 엎질러"(「고사리 장마」)진 것이다. 꿈 역시 반드시 실현된다는, 불가피하다는 운명적 속성을 지니고 있다. 「다나에」에서 꿈만이 "지하 감옥"의 어둠 밖으로 나갈 수 있는 유일한 출구인 다나에는 서서히 어둠의 결을 이해하고 꿈과 꿈 사이에서 발생하는 시차를 헤아릴 수 있게 된다. 꿈에서의 시간은 비선형적이기 때문이다. 부러 소설『구운몽』이나 영화 〈인셉션〉을 언급하지 않아도 "이빨이 몽땅 빠지는 꿈을 꾸고 난 다음에는/ 이빨이 아주 많아 좋았다"에서 알 수 있듯이, 현실이 꿈을 소모하는 경우는 있어도 꿈이 현실을 소모하지는 않는다. 꿈이 현실의 도피처—외부의 존재 가능성을 상정한 출구—가 아니라 쾌락에 더 가까워지는 길이라는 걸 깨달은 순간부터 잠은 능동적인 육체적 행위가 된다. 다시 말해 잠은 신을 만나는 행위가 된다. 그 첫번째 단서로 구스타프 클림트의 그림 〈다나에〉 속 다나에의 두 다리 사이로 제우스의 현현으로서 "쏟아지는 빛"과 황홀경에 빠져 눈을 감고 있는 다나에의 표정을 들 수 있겠다. 두번째 단서는 「고향, 잠」에서 시인이 직접 제시하고 있는바 "나무로 된 둥근 강대상 안쪽 면"이 "아무도 나를 찾"을 수 없는, 심지어 "권사님들도 이곳은 잘 열어보지 않는" 안전한 처소라는 사실이다. 등잔 밑이 어둡다. 신이 숨겨놓은 어둠침침한 비밀과 같이, 밝혀서는 안 되고 밝아서도 안 되는 장소는 신과 가장 가까워 보이는 자리. 인간이 신을 어찌할 수는 없다. 인간을 아무리 가둬놓아도, 아니 가둬놓았기에 도리어 '꿈'을 통로로 신과 만나게 되는 이 역설. 다나에의 황홀한 표정과 같이, 신과 일체가 되는 그 순간 "찬송 소리가/ 모두 내게 오는 것 같은/ 어둠 속"에서 눈을 감은 개인은 삭제되고, 주체의 한계에 갇힌 일인칭시점과 발화는 무력해진다.

    그러니까, 철수와 영희가
    장기 여행자이자 인스타 헤비 업로더였을 때
    기억 속에 수많은 객실을 가진
    임대업자들이었을 때
    그러나 세 들어오는 이 있을 리 없이

    축제가 한창이던 어떤 도시에서 영희는
    텅텅 빈 방들을 가슴에 주렁주렁 매달고서
    "Do you have an available room?"
    빈 방들을 욱여넣을 빈 방을 찾다가
    찾아 걷다가 찾다가 영희는
    텅 빈 이 몸을 이국의 귀신에게 물려주고 싶었다지

온통 소똥뿐인 골목에서 철수는 심통이 나 카메라로 똥만 찍고 다니다
골목에 쭈그려앉은 영희를 처음 보게 된다
소똥, 개똥, 쥐똥, 새똥, 사람똥, 돼지똥,
철수(selfie), 똥에 파묻힌 꽃잎, 소똥 속에 죽어 있는 쥐, 일렬로 난 똥, 똥 위로 난 바큇자국, 그리고... 영희

"그러니까 철수야, 모든 걸 그만두고 모든 걸 함께하고 싶어"

어느 밤, 악몽에서 내쳐진 영희에게
잠든 철수의 눈잔등은
열쇠를 삼킨 채 닫힌 싱글 룸처럼 막막해지고
그래도 이 악몽만은 우리를 진실하게 사랑한다 믿고 싶고
사랑안한다, 사랑한다, 사랑해라, 사랑해, 사랑안한다...

다음날 아침, 영희와 나란히 거울 앞에 서서 양치를 하며
'우리의 여덟 개의 눈동자가 마주칠 4의 4제곱 개 경우의 시선'에 잠겨 있던
철수에게
영희의 빈 방들이 어항처럼 투명하게 보이기 시작했을 때
영희야말로 구원에 최적화된 영혼 같다고 느끼게 되었

—

— 을 때

(……)

"철수를 좋아하는 영희를... 영희를..."

그렇게 수많은 서로를 잃고도
아직 그들이 철수와 영희라는 건 믿고 싶지 않았지만,
그래도
철수 같은 철수의 눈을 알게 된 영희였다
철수는 철수라서 영희를 알 수 있을 것 같은... 철수였다
　　　　　　　—「추억은 배낭에 쓰레기는 가슴에」 부분

"미안해, 이제 너에 대한 아무런 상상이 없어"
그러던 ■ ■ ■를 다 칠하지도 않고 영희는 철수를 떠
났지
고락푸르로

그때, 처음으로 철수는 시인이 되고 싶었던 것 같다
그러곤
십 년 동안 영희를 글로 쓴 적 없지
영희가 악몽으로 돌아올 때까지 기다렸지
언제는, 피 흘리는 둥근 조약돌이 되어 등장했고

—

포크로 자신의 목젖을 찌르는 천사가 되기도 했다

(전지적 철수 시점으로 다시 기억해보자면…… 다시 써
야겠지)
                                —「고락푸르행 따깔 티켓」 부분


흔히 쓰는 관용 표현 중에 '눈에 들어오다'라는 말이 있다.
내가 바라보는 것이—주체와 대상 모두에게 그럴 의도나 의
지가 없음에도 불구하고—어떤 여지도 주지 않은 채 곧바로
내 안으로 밀고 들어오는 그 말의 이미지는 생각보다 꽤 폭
력적이다(꿈이 우리에게 저지르는 일과 닮았다). 그 낯섦을
"카메라"로 찍기 위해 능동적인 "장기 여행자"이자 "인스
타 헤비 업로더"로 사는 것과 흔들리는 '나'의 "시점"을 고
정하는 한 방식으로서 사진을 찍는 것은 SNS가 삶의 일부
인 이들에게는 익숙한 일이다. 셔터를 눌러 사진을 찍는 건
짧은 한순간처럼 보이지만 "라틴어로 '사진'은 'imago lucis
opera expressa', 다시 말해 빛의 작용이 '드러내고' '꺼내
고' '조립하고' (레몬 과즙처럼) '눌러 짜낸' 이미지"[5]라는
말에서 알 수 있듯 실제로는 꽤 많은 작업 과정을 내포한
다. 불완전한 파편이나마 기억을 대신하는 산물인 만큼 쉽
게 만들어질 리 없는 것이다. 그런데 이 지난한 과정을 통과

---

5) 롤랑 바르트, 『밝은 방』, 김웅권 옮김, 동문선, 2006, 103쪽.

해 '철수'가 찍는 건 기껏해야 "소똥, 개똥, 쥐똥, 새똥, 사람똥, 돼지똥,/ 철수(selfie), 똥에 파묻힌 꽃잎, 소똥 속에 죽어 있는 쥐, 일렬로 난 똥, 똥 위로 난 바퀏자국"이다. 왜 '똥'일까? 꿈에서 똥을 보면 현실에서는 횡재를 한다는 일반화된 인식—전복적 해석—과, "고락푸르"가 속한 '인도'라는 나라로부터 연상되는 전생과 현생의 경계가 희미한 세계관을 상기해보자면, '똥'은 한때 생명체였던 것들이 다른 생명체의 육신을 통과하며 그 효용을 다하고 난 결과물이라고 할 수 있다. 이전에 무엇이었는지 알 수 없는 저 숱한 똥들은 전생을 잃은 이들, 꿈 밖의 현실을 잊은 이들을 닮았다. 그리고 철수는 그 익명의 덩어리들 끝에서 '영희'를 마주하게 된다. 재밌는 것은 철수가 "영희를 처음 보게 된"것이 카메라 촬영을 통해서라는 점이다. 순간을 붙잡고자 하는 마음의 한 절정에서 등장한 피사체 '영희'. 이들의 "장기 여행"이 단순히 "이국"에서의 시간이 아니라 꿈과 현실을 넘나들고 전생과 현생을 넘나드는 시간이 아닐까 생각하게 하는 존재는 그러므로 "텅텅 빈 방들을 가슴에 주렁주렁 매달고" 있는 영희다. 철수는 영희를 "구원에 최적화된 영혼 같다고 느"낀다. "악몽"에서만 만날 수 있는 이 둘은 상실에 익숙한 존재들이다. 먼저 잠에서 깨어난 자는 "열쇠를 삼킨 채 닫힌 싱글 룸처럼 막막"한 기분으로 잠든 이의 눈을 바라볼 수밖에 없다. 어디까지나 "전지적 철수 시점"이니 철수의 기억에는 없다 해도, 어쩌면 철수는 영희의 "빈 방들"에 거주한 적이 있는지도 모른다. "그렇게 수많은 서로를 잃고도" 이들은 철수와 영희라는 임시적이고도 불가피한 명명의 막을 뚫고, 흡사 아담과 이브처럼 서로의 존재를 확인해나간다. 그러나,

한 톨의 빛점이라도 있었다면 이 꿈의 어둠을 무언가의 그림자라 말해볼 수 있었겠지만…… 시를 쓸수록 악몽이 진화하는걸, 이제 악몽이 아니면 울지도 못하니깐. 이 악몽 속에선 아무 상상이 없어. 이 악몽 속에선 아무 악몽이 없어. 이 철수 속에는 아무도 없어. 이 상상 속에는 철수가 없어. 철수에 대한 아무 철수도 없어……

그리고 언젠가 철수는 누군가로부터 편지를 받게 된다 "미안해, 너에 대한 터무니없는 상상으로 이런 편지를 쓴다"는 문장으로 시작하는 아주 긴 편지를

그러나 이제 철수는 거위의 슬픔을 가지게 되었고
보라성게의 목소리를 가졌으므로

첫 문장 뒤로는

■■ ■■■ ■■ ■■■ ■■ ■ ■■■ ■■ ■■■
■■■ ■■ ■ ■■ ■■■■ ■ . ■■ ■ , ■■ ■■ ■■■
■■■■ ■■ ■■ ■■ ■■ ■■■■ ■■■■ ■■ ■ ■■

■ ■■ ■■■■ ■■■ ■■■. ■■ ■■ ■■■?
■■ ■■■ ■■ ■■■■ ■■■ ■■■ ■■ ■■ ■■■
■■ ■……

검은 자리뿐이다

'검은 기차가 지나가는 거야'라고 생각해보았지만
그런다고 기차가 지나가진 않았다
　　　　　　　　—「고락푸르행 따깔 티켓」부분

　악몽은 길고 끊임없다. "첫 문장 뒤로" 계속되는 저 "■"
는 분명한 형태를 갖고 있던 의식이 동일한 크기와 모양을
가진 무의미의 행렬이 되었음을 보여준다. "거위의 슬픔"과
"보라성게의 목소리"가 지닌 영향력으로 인해 "악몽"만이
자기 존재를 증명하는 유일한 길이 되어버린 철수에게 "■"
는, 슬픔에 의해 흐려진 글자인지도 모르고, 어느 종교의 율
법에 따라 여성이 제 몸을 가리기 위해 덮어쓰게 된 히잡인
지도 모르고, 그 주인이 영희인지 철수인지 분간할 수 없는
그림자인지도 모른다. 슬픈 점은 글자이든 히잡이든 그림자
이든 그것이 흔적까지 깔끔하게 삭제된 완벽한 부재가 아니
라, 분명 무언가가 있었음을 암시하는 "■"라는 점이다. 원
래는 무엇이었을까. 왜 흔히들 경험하지 않는가. 뭔가 꿈을
꾼 것 같기는 한데 대체 무슨 꿈이었는지 모르겠는. 꿈은 기
억에 남지 않으려는 속성을 갖고 있는 탓에 우리는 어렴풋

하고 희미한 그 미지의 겉면만을 잠깐 더듬어볼 수 있을 뿐이다. "한 톨의 빛점"이라도 있다면 좋겠지만, 여기는 「다나에」의 '지하 감옥'처럼 완전한 어둠의 시공간이다. 발신자가 밝혀져 있지 않으나 아마도 영희가 아닐까 싶은, 철수가 "누군가로부터" 받은 이 편지는 비록 읽을 수 없는 상태일지언정 일말의 구원이 될까. 철수는 "■■ ■■■ ■■"처럼 불가해한 파편을 원상태로 복원할 수 있을까? 계속되는 자기부정의 굴레에서도 철수는 악몽의 동반자이자 친구이자 연인이자 신앙이자 제 주인이자 그림자이자 파편이 되어버린 세계를 복원하는 최초의 작업을 위해, 원형(原型)으로서의 존재 영희를 중심에 둔 채 강한 원심력에 의해 공전하고 있다.

*

그 방을 떠나던 날엔
신발을 신고 들어섰다
흰 우유를 싱크대에 부어내는 낭창한
순간

상한 우유 건더기 흐무러지는
시간의 살점들

옮기면 안 되는 것까지
옮기게 될까봐 나를
금지하는 문턱 앞에서
좁은 방의 좁은 입으로서 서 있었지

—「망명」 부분


　시집의 제목 '영원 금지 소년 금지 천사 금지'를 메타적으로 읽는 게 허락된다면, 내게는 이 제목이 기성의 어떤 시들이 지향하는 영속성—시간을 견디는 힘, 미약하고 여린 목소리의 미성년(혹은 비성년) 주체, 그리고 '순수'를 외피로 둘러쓴 신을 향한 말하기에 대한 거부의 태도로 읽힌다. 이 거부의 태도를 전부 의문의 형식으로 바꿔보자. 희미하고 모호하게 말함으로써 세계의 정확한 상(狀)을 드러내는 일을 최대한 지연시키는 과정이 한 편의 시가 시간의 흐름을 견디게 하는 힘일까. 같은 맥락에서, 아직 성장하지 않았음을 전제할 때 시는 차후의 성장을 담보로 제 가능성을 최대치로 키울 수 있는 걸까. 그리고 가장 비구체적인 존재인 신을 중심에 둠으로써 현실과 낯선 방식으로 관계 맺기를 할 수 있는 걸까. 시집의 제목이 금지해놓은 '영원' '소년' '천사'에 대한 내 무지한 의문을 한차례 경유하면서, 나는 이 단호한 부정이 드러내는 결별의 의사를 수용하기로 한다. 나아가 시집에서 반복적으로 등장하는 단어인 '꿈'을 뒷받침하고 있는 것은 세계를 유희의 차원으로 변주하는 어떤 태도다.

내면—애틋하고 절실한 고백—과 외면—이국에서 폭포처럼 쏟아지는 낯선 언어를 향해 무방비하게 열려 있는 수용체—이 공존하는 자의 태도. 시인과 화자라는 자연스러운 이분법조차도 무력하게 만드는 이 무차별의 유희 정신은, 이를테면 "방을 떠나던 날엔/ 신발을 신고 들어"가게 되는 마음에서 비롯된 것일까. 한 편의 시에 오래 머무르지 않고 떠날 준비를 마친 사람의 마음. 그는 방에 들어갈 때에는 신발을 벗어야 한다는 규칙에 더이상 구애받지 않는 사람이니까. "이제 아버지의 이름으로 기도하지 않는"(「잠들면 다신 자신으로 깨어나지 못하는」) 사람이니까. 이제 "다르게 살 수 있을 것 같"(「망명」)은 마음으로, 그는 '영원' '소년' '천사'를 뒤에 남겨둔 채 자신을 "금지하는 문턱"을 넘어선다.

"때문에 나의 강아지는 없어 본 적 나를,
그는 짖을 거야 보고 나를"
미첼이 말했을 때

그것 참 웃기네요
"That's so funny"
말하고 나서
웃었다

—「워킹 홀리데이」 부분

그곳에는 다른 말의 가능성이 있다. 외국어를 모국어로 옮길 때 발생하는 시적 가능성에 대해 적확하게 표현한 황현산의 글에 먼저 기대본다. "한 언어의 가능성을 다른 언어의 가능성으로 끌어안는 번역은 본질적으로 말에 대한 위반이다. 시 역시 사람들이 말하는 방식으로 말하지 않는다는 점에서 본질적으로 위반의 언어이다. 포에 대한 명성의 엇갈림은 번역의 문제가 곧 시의 문제라는 점을 가장 선명하게 드러내는 사건이다."[6]

"웃기"는 이야기를 듣고 즉각적인 반응으로서의 신체 언어—웃음—를 보이는 대신, "그것 참 웃기네요/ That's so funny/ 말하고 나서/ 웃"는 것은 일견 기묘하다. 마치 "말에 대한 위반"을 서둘러 수습하기 위해 동원된 것처럼, 말에 후행하는 웃음이니까. 이는 어쩌면 '문법 수업'의 결과일지도 모르겠다. 혹은 말과 말 사이에서 발생하는 시차에 적응중인 사람의 말하기이기 때문일지도. 모국어를 외국어로 옮기면서 뒤집힌 어순과 말을 더듬는 과정은, 익숙하던 문법-세상을 즐겁게 '붕괴'시킨다. 이는 너무 자주 써서 의미도 감각도 상실한 채 닳아버린 어떤 모국어—미첼의 입장에서는 외국어—의 세계에서, 이를테면 '새' 같은 말이 'bird'라는 다른 이름을 경유해 본래의 낯섦을 획득하는 과

6) 황현산, 「위반으로서의 모국어 그리고 세계화」, 『잘 표현된 불행』, 문예중앙, 2012, 202~203쪽.

정으로 보이기도 한다.

*

　사실 유희는 설명하려는 순간 실패한다. 「하다못해 코창에서 스노클링을 하다가 말미잘을 보고도 네 생각이 났어」와 같은 시의 제목처럼, 유희는 인과를 설명할 수 없는 정서의 연결 방식 같은 것이라고 할까. 이를테면 시집의 표제작이 확정되기 전, 일면식이 없던 시인에게서 유력한 표제작 후보라는 말과 함께 「하다못해 코창에서 스노클링을 하다가 말미잘을 보고도 네 생각이 났어」의 본문 사진을 전달받고는 의외로 곧바로 수긍한 사실 같은 것. 이러한 공통 감각의 영역—향유의 차원에서만 전이가 가능한 감각을 해설로 옮기는 일의 불가능성을 어떻게 설명해야 좋은 변명이 될까. 그것은 피아노 건반 위의 손을 보여줄 수는 있어도 높낮이가 다른 음이 어떻게 조화를 이뤄 한 인간의 신체를 점유하는지 이야기하기는 어려운 것과 비슷한 일일까. 빌렘 플루서의 말을 빌려 "음악을 감상할 때 신체는 음악이 되"[7]니까, 같은 맥락에서 이 해설은 해몽에 가까운 것인지도 모르겠다. 다만 축적된 데이터에 기반해 몇몇 특징을 근거로 현

<hr>

7) 빌렘 플루서, 『몸짓들』, 안규철 옮김, 김남시 감수, 워크룸프레스, 2018.

171

실화될 무언가를 도출해내는 일반의 해몽과 달리 이 시들은 데이터라는 개념으로는 접근할 수 없다. 시와 꿈의 닮은 점은 어떻든 의미의 결여 상태라는 점, 그리고 이를 최대한 지속하려는 성질을 갖고 있다는 점이다. 그러니 애써 유기체에 가까워진 언어-세계를 다시 파편으로 만드는 데 주저함이 없는 것이 육호수의 시가 지닌 차별화된 미덕인지도 모르겠다. 도예에 비유하자면, 육호수는 단 하나의 완벽한 완성체를 위한 집념의 장인 정신으로 갓 구운 수많은 도자기를 깨부수기보다 오히려 '도자기 부수기 놀이'가 주는 쾌감에 기초한 유희 정신으로 시를 써내는 것 같다고 해야 할까. 그렇게 생기는 부서짐, 의도한 바 없기에 방향을 모른 채 사방팔방으로 튀는 파편과 같이, 우연적으로, 그리고 사후적으로 오는 모든 좋은, 나쁜, 이상한 것들은 결국 읽는 '당신'의 몫이 된다. 당신이 이 시를 읽는 독자이건 이 시를 쓴 시인이건, 당신은 이 즐거운 방임의 주체가 된다.

> 멀리서 들려오는 당신의 숨소리로 나는 언어를 회복한다.
>                                    ─「정오의 기도」 부분

> 내가 너에게 발각되지 않는 곳에서
> 울지 않고 기다릴게
>                                 ─「희망의 내용 없음」 부분

그리하여 육호수의 시는 당신으로 하여금 숨을 쉬고 땀 흘리며 운동하고 사랑을 향해 달리며 심장을 평소와 다른 리듬으로 뛰게 한다. 종국에는 파편의 텍스트가 지닌 한계를 뚫고 나와 읽는 사람을 쓸쓸하게 만들고, 그리워하게 만들고, 애틋하게 만들고, 끝내 "울지 않고 기다릴" 말들을 사랑하게 만든다. 거기까지가 시고 거기서부터 더는 시가 아니다. 꿈이다. "꿈 속의 사랑으로 꿈 바깥의 사랑이 망가지는 꿈"(「꿈속맘속의꿈속의맘속」)일지라도.

**육호수** 2016년 대산대학문학상에 시, 2022년 세계일보 신춘문예에 평론이 당선되어 등단했다. 시집으로 『나는 오늘 혼자 바다에 갈 수 있어요』가 있다.

문학동네시인선 188
**영원 금지 소년 금지 천사 금지**
ⓒ 육호수 2023

1판 1쇄 2023년 3월 10일
1판 7쇄 2024년 10월 11일

지은이 | 육호수
책임편집 | 오윤
편집 | 김내리
디자인 | 수류산방(樹流山房) 본문 디자인 | 이원경
저작권 | 박지영 형소진 최은진 오서영
마케팅 | 정민호 서지화 한민아 이민경 왕지경 정경주 김수인 김혜원 김하연
　　　　김예진
브랜딩 | 함유지 함근아 박민재 김희숙 이송이 박다솔 조다현 정승민 배진성
제작 | 강신은 김동욱 이순호
제작처 | 영신사

펴낸곳 | (주)문학동네
펴낸이 | 김소영
출판등록 | 1993년 10월 22일 제2003-000045호
주소 | 10881 경기도 파주시 회동길 210
전자우편 | editor@munhak.com
대표전화 | 031) 955-8888 팩스 | 031) 955-8855
문의전화 | 031) 955-2696(마케팅), 031) 955-8864(편집)
문학동네카페 | http://cafe.naver.com/mhdn
인스타그램 | @munhakdongne 트위터 | @munhakdongne
북클럽문학동네 | http://bookclubmunhak.com

ISBN 978-89-546-9865-8 03810

www.munhak.com

**문학동네**